Franziska König

Die Abwesenheit

Erinnerungen

Für Dich!

TWENTYSIX
Eine Marke der Books on Demand GmbH
BoD – Books on Demand
© September 2021 von Franziska König
Titelbild: Kunstvolles Gemälde von Erika König „Stube im Elternhaus"
Covergestaltung: Agentur Baumfalk Aurich
Herstellung und Verlag: BoD –Books on Demand Norderstedt
ISBN: 9783740785475

Franziska (Kika) mit ihrer Violine – fotografiert von ihrer lieben Freundin Ute Bott aus Rottweil.

„Wenn ich dereinst verstorben bin, so schweigt auch meine Violine!" sagt sie.

Und drum bringt Franziska alle vier Wochen ein schlankes bis vollschlankes Taschenbuch heraus.

Erzählt werden Geschichten aus ihrem Leben, die von erhöhtem Interesse sein dürften.

Jeden vierten Dienstag um 18.05 wird das fertige Manuskript in die Umlaufbahn entsandt.

Die meisten Vorkömmlinge
finden sich im Personenverzeichnis
am Ende des Buches

Hier die Familie vorweg:

Opa, (*1909) Opa mütterlicherseits in Ofenbach (Niederösterreich)
Omi, Mobbl, (*1910) Oma mütterlicherseits
Oma Ella, (*1913) Omi väterlicherseits in Hessen
Buz (Wolfram), unser Papa (*1938) Professor für Violine an der Musikhochschule in Trossingen
Rehlein (Erika), meine Mutter (*1939)
Ming (Iwan), mein Bruder (*1964)

Ein Buch ohne Vorwort.
Sie können gleich anfangen zu lesen…

April 1999

Donnerstag, 1. April

Wunderschön.
Ein erfüllend sonniger Tag voller Süße

Buz hatte sich zum 60. Geburtstag seiner Ehefrau ein Späßlein ausgedacht:
Er stopfte einen 50-Mark-Schein in ein Kuvert, und fügte ein Kärtchen hinzu:

Liebe Erika!
Herzlichen Glückwunsch zu Deinem
60. Geburtstag. Kauf' Dir etwas Schönes!
Dein treuer Ehegatte

Das Kuvert legte er in einen herumliegenden Eso-Schmöker über die Macht des Deltamuskels von John Diamond, und ich wiederum verpackte das Büchlein, das mir einst mein Verehrer Herr Reimer geschenkt hat, in Rosenpapier.

Wenig später kam Rehleins Teekränzchenfreundin Frau Schulze zu Besuch. Eine schlanke, hochgewachsene Dame mit vielen kleinen, schmückend angeordneten Wuckerln auf dem Kopf, die sich zu diesem Jubiläum fein herausgeputzt hatte, wie für einen Operettenbesuch.

Frau Schulze hatte zu Rehleins rundem Geburtstag mit viel Liebe und Müh´ allerlei vorbereitet, und gerührt bedachte Rehlein die wunderschönen Geschenke mit ergriffenen Ausrufen des Entzückens.

Ein kleines Sträußlein, ein gedeckter Apfelkuchen und eine prall gefüllte Mappe, worin Frau Schulze über Jahre hinweg alle möglichen Zeitungsartikel gesammelt hatte, die Rehlein interessieren könnten: Z.B. über uns als musizierende Familie.

Nachdem all dies ausgiebigst bestaunt worden war, griff Rehlein nach Buzens vergleichsweise dürftigem Geschenk, las das Kärtchen vor, und steckte den 50-Mark-Schein ein.

„So was!" sagte Rehlein, und wandte sich fragend an ihre Freundin: „Was würdest du dir davon kaufen?"

Frau Schulze war so entgeistert von Buzen als Ehemann, daß sie auf diese Frage gar keine Antwort gab. *„Da würde mein Jürgen ja was zu hören bekommen!"* stellte ich mir vor, das sie dächt´.

Buz machte vor, wie Gidon Kremer zum 60. Geburtstag seiner Mutter den Geburtstagssong raffiniert und verfeinert interpretiert vortrug, doch dann besann er sich darauf, daß Rehlein solche Parodien lächerlich findet, und beendete den Scherz verschämt.

Verzückt blätterten wir das neue Fotoalbum durch, das ich zu Ehren der Jubilatorin liebevoll gestaltet hatte.

Hernach gab´s Tee mit Kluntje & Sahne, und Frau Schulzes köstlicher Kuchen mundete ungeheuerlich.

Erst ganz zum Schluß der kleinen Feier lotste Buz die Damen an den Flügel, wo die Blicke alsbald von dem schönen neuen roten Fahrrad angesogen wurden, das wir malerisch auf die Terrasse gestellt hatten. Es stand da, als hätte es der Osterhase gebracht, wirkte lebendig wie ein Nutztier, und nun standen wir alle drum herum, und bestaunten das wunderschöne Rad, auf dem Rehlein nun bis auf weiteres durch die Zukunft getragen werden würde.

Abends kam der junge Cellist Marcel G., den Buz heimlich bestellt hatte, zum Streichquartettspiel. Ein Herr, der oftmals einen Zylinder auf dem Kopf zu tragen pflegt, so daß er wirkt, als sei er einem alten Roman entstiegen.

Wir spielten das dritte Quartett von Beethoven, und Rehlein war so glücklich über diese gelungene Überraschung, denn Rehlein liebt nichts mehr auf der Welt als Streichquartett zu spielen.

Im Streichquartettroge sitzend, scheint Rehlein artgerecht gehalten.

„Wieso machen wir dies nicht öfters!" rief Rehlein aus.

Draußen sah man goldgelb den Vollmond leuchten.

Der Marcel blieb noch zum Abendessen und darüber hinaus bei uns haften, da er so ungern zu seiner Schwiegermutter zurückzukehren pflegt.

Heute habe er sich mit seiner Schwiemu gar angeschrien, erfuhren wir, und ich malte mir aus, *wie der Marcel seine Schwiemu sogar verdrischt, weil sie auf dem Grab von Marcels kleinem Söhnchen ein Schild angebracht hat, auf dem zu lesen steht:*

„Du starbst durch Mörderhand!
WARUM???"

Ich male mir oftmals Unsinn aus: *z.B. daß Herr Krüger aus heiterem Himmel beim Abendessen wegen Mordes an einer Prostituierten verhaftet wird,* und dererlei…

Freitag, 2. April

Wunderbar sonnig

Morgens blickte ich aus dem Fenster in die zarte einsame Dämmerung, und links über dem Haus Nummer 22 konnte man noch immer käseartig den Vollmond stehen sehen, so als habe er sich seit meinem letzten Blick aus dem Fenster nicht mehr hinfortbewegt.

Rehlein und ich beobachteten Frau Priwitz durch´s Fenster.
Mit ihren 87 Jahren schien sie noch immer mit erstaunlicher Lebenskraft befüllt, stak in einem hübschen Frühlingskleid, und hatte sich die Sahnefrisur zum Vorteil derer, die einen Blick auf

ihren Balkon werfen, frisch aufgeschäumt. Behende wie ein junges Fräulein goss sie die Blumen in den Blumenkästen.

Ich schrieb einen Brief an die Margarethe, in welchem ich anbot, daß sie, sollte ihr Mann denn mal anfangen sie zu verdreschen, gerne zu uns ziehen und für immer bleiben dürfe. Wir verschonen sie auch gewiss mit jenen Worten, die es einem jungen Menschen verunmöglichen, im Falle eines Falles reuevoll zerknirscht zu den Eltern zurückzukehren:
„Man hat es kommen sehen! Haben wir es nicht gleich gesagt??"
Doch die Margarethe macht´s grad andersrum. Alle Nas lang taucht sie bei den Eltern auf und sagt: „Ihr hattet recht!" Und dabei haben die Eltern noch nie etwas gegen den Schwiegersohn gesagt, und sind todfroh, daß ihre Tochter unter der Haube ist.
(„So daß unser ohnehin schmaler Geldbeutel net weider belaschdet wird!")
„... nicht weiter belastet wird."
(In leisem Humor gewälzte Alltagsgedanken eines Schwaben)

Beim Üben hatte ich Angst, Rehlein nebenan sei in der Nacht überraschend verstorben. Später erzählte ich Rehlein, daß ich morgens immer Angst habe, sie könne verstorben sein.
„Seit du 60 bist!" sagte ich, „also seit zwei Tagen."
Weil Huberts Mutti ja auch bloß 60 wurde.

Zum Frühstück hörten wir Buzens Debussy-Sonate mit der Li-Pi. Eine Aufnahme aus dem Jahre 1970, als die Lipi ebenmal 17 Jahre alt war.

„Mäßig!" sagte unser süßer Papa ohne erkennbare Anteilnahme, da er Abstand zu sich als Jüngling gewonnen hat, und sich einbildet, heut als reifer Herr, mit diesem unreifen jungen Spund von damals nichts mehr gemein zu haben.

Dann sprachen wir über Sprödheitsgrade beim Küssen: Rehlein z.B. hat immer Probleme damit, sich bei einem Kuß Buzens ganz fallen zu lassen, weil sie immer so gerne „Klarheit" gehabt hätte.

Buz hingegen hat immer versucht, Unklarheiten mit Küssen hinwegzubusseln.←(Natürlich. Wie denn sonst?)

Rehlein hatte vor, den Kollegen in der Musikschule einen Abschiedsbrief zu schreiben. Durchtränkt mit feiner Ironie („Haben Sie überhaupt schon bemerkt, daß ich nicht mehr da bin??").

Und ich solle ihr dabei helfen.

Ich fänd´s so lustig, wenn Rehlein den Brief nett begänne, sich dann jedoch in Rage schriebe, und gegen Ende hin immer wüster und deutlicher wird: Zum Schluß schreibt Rehlein nur noch jenen abscheulichen Satz, den ein erboster Theologe dem Opa mal über die „Alternative Bibel" um die Ohren hieb: „Ich könnte, wenn ich zurückdenke, nicht so viel essen, wie ich kotzen möchte!"

Buz erzählte von Onkel Hartmuts Sohn Gerhard, der ein Lotterleben führt, statt zu studieren.

Klassische Merkmale eines mißratenen Sohnes.

Wir scherzten sehr verbindend darüber, daß der Onkel Hartmut keinen anderen Ausweg sähe, als den Herrn Sohn zu dessen Onkel Wolfram auf´s Land zu schicken, auf daß er doch noch auf rechte Pfade zurückgelenkt werden möge.

Auch Rehlein gefiel die Idee, daß der Gerhard oben in Mings Burschenzimmer einzieht, denn mit diesem Gast aus der Verwandtschaft ließe sich doch die Lücke stopfen, die das Lindalein demnächst in unserem Leben hinterlassen wird.

Rehlein, so allergisch sie gegen einen Großteil von Buzens Spezis ist, liebt Dauergäste aus der Verwandtschaft, denen man doch sehr gerne eine Platz in seinem Herzen einrichtet, so daß man sie nach Jahresfrist nicht mehr gerne ziehen lässt.

Vor unsrem geistigen Auge entfaltete sich eine fesselnde Wilhelm Busch Geschichte:

„Der mißratene Sohn"

Samstag, 3. April

Sonnig, stickig.
Mit einem leisen Nebel unter der Sonne.
Gegen Abend schwand der Sonnenschein nach Art
eines Lächelns aus dem Gesicht eines
frisch entgeisterten Menschen

Heute wurde uns unsere Beethoven CD geliefert, und ich dachte im ersten Schreck, es wäre wieder irgendetwas falsch, weil das neue CD-Gerät keine Töne mehr absonderte. Als Rehlein hinzutrat, dachten wir dies gar im Duett, doch dann klärte sich der Irrtum auf:
Ich hatte die CD falschherum hineingebettet!

Am Nachmittag war ich plötzlich lahm und schwer depressiv. Alptraumartig hatte ich das Gefühl, am Boden angeleimt zu sein, und nicht mehr vom Fleck zu kommen.

Sonntag, 4. April

Zunächst stickiges, hellbleiches Waschküchenwetter
– am Nachmittag
rosa dunstig getönter Sonnenschein

Im „Watt" (einem Journal) lasen wir die Konzertankündigungen:

Auch der Musikschulleiter Herr Siebert hatte bombastische Wortgeschosse für sein friesisches Jugendsymphonieorchester aufgefahren:

„Eine echte Alternative zum Discobesuch, wo die Post abgeht!" (Bißl zweideutig formuliert)

Ich stellte mir vor, wie ich hingehe, und Herrn Siebert so überschwenglich gratuliere, *daß es ihm fast ein wenig unangenehm ist: Ich schwenke seine Hand auf und ab, und sage ein ums andere Mal: „Vor Ihnen ziehe ich tief den Hut! Reschpekt! Gratulüiere! Chapeau! Schappöööchen! Glückwunsch! Was Siiie aus dem musikalischen Ödland Ostfriesland gemacht haben!"*

Montag, 5. April

Feucht nieselndes Waschküchenwetter

Man weiß ja, wie die Frühstücke mit Rehlein sind:

Ich drohe jedes Maß zu verlieren, weil ich mich nicht aus Rehleins Aura lösen kann. Manchmal scheint´s sogar direkt so, als ob Rehlein sich von ihrer eigenen Aura nicht lösen könne – und das ist auch einer der Hauptgründe, warum wir uns keine Gäste mehr einladen:

Die Gäste fühlen sich nämlich bei uns so wohl, daß sie nicht mehr gehen.

Wir sprachen über Rehleins Kollegen:

Rehlein deutete an, daß man sich mit der einen Cellolehrerin nicht gescheit unterhalten könne. Sie hat in Moskau studiert, und es schwingt immer jenes:

„Was wisst denn IHR??" unhörbar und doch schmerzhaft fühlbar durch ihre Worte.

Einmal hatte das so rüührend engagierte Rehlein Unterschriften gegen den Pershing-Wahn gesammelt, und dabei deutlich gemerkt, wie die Kollegen wohl ticken: Bis auf Herrn Siebert, der fast feurig unterschrieb (Hut ab!) verfielen alle in eine schleimig-duckende Teils-teilshaltung und drückten sich aus einem jämmerlichen Kleingeist heraus vor der Unterschrift, die doch so wichtig gewesen wäre! Wolfram D., der karpfenartige Klavierlehrer sagte gar:

„Ich unterschreibe GRUNDSÄTZLICH nichts!"

Rehlein telefonierte ganz lange mit Ruth L.:

Man psychologisierte über den kleinen Pascal, bzw. darüber, daß er ein kleiner Psychopath sei.

Mutti Ruth ist stolz und gleichzeitig sehr besorgt.

Stolz, weil er so klug ist, und in der Schule praktisch nur Einsen schreibt. Aber neulich bekam er einen wüsten Schreikrampf, so daß man Angst bekommen mußte, er sei vielleicht geisteskrank?

Die Ruth als wunderfitzige Mutter wühlte heimlich in seinem Schulranzen und stellte dabei fest, daß er neulich doch nur einen Dreier bekam. Vielleicht hat er deswegen so geschrien, mutmaßte sie ratlos, wo´s doch praktisch der einzige Sohn ist!

Gestern hat er ein Buch mit 230 Seiten geschenkt bekommen, und heute morgen hatte er es bis auf zehn Seiten schon zuendegelesen!

Dienstag, 6. April

Trübe und nieselig

Rehlein schaute immer entzückt nach ihren frischgepinselten Bildern hin. Doch das Erste, was Rehlein nach dem Frühstück tat, war, meinen Brief an die Margarethe abzutippen und den Verwandten hinüberzumailen:

In zärtlicher Rührung beobachtete ich meine kleine Mamah, wie sie so behende am Computer klimperte wie eine echte, reife Sekretärin. Dankbarkeit umhüllte mich, und ich dachte darüber nach, daß Buz im Grunde doch alles hat: Ehefrau und Sekretärin in einem. Bloß leidet die Sekretärin am Dalton-Syndrom*, indem sie *meine* Briefe abtippt, statt irgendwas für die Adam-Classics aufzuschäumen.

*Der Dalton-Gepeinigte wird ständig auf seinem Lebenspfade aufgehalten, und von sinnvollem Tun hinweggepustet

Am Nachmittag kehrte Buz von seinem Kurzurlaub aus Grebenstein zurück. Buz zog ein Köfferlein hinter sich her, und lachte so freundlich wie im Januar die kleine Maika vom Friedel, als man sich kennenlernte. (Still, bescheiden und in ehrlichster Freundlichkeit.)

Ich malte mir aus, wie der Herr mit dem Maulkorbbart uns ein Brieflein unter der Türe durchschiebt, worin genau *meine* Gedanken stehen:

Hallo Fam. König!

Ich halte das kaum noch aus:

*seit Jahren leben wir so quasi Aug in Aug. Wir sehen uns mindestens zehnmal am Tag, und wissen doch **nichts** voneinander! Ich brenne darauf, <u>alles</u> zu erfahren, was sich hinter der Fassade der Familie König wohl so verbirgt, und lade Sie daher <u>herzlichst</u> heute abend um 20 Uhr zu einem Umtrunk bei uns ein.*

U.A.w.g. bis 19 Uhr 59.

Ihr Maulkorbbartträger vom Haus Nr. 22.

Daheim war ich überrascht und erfreut:
Beate & Jesse waren zu Besuch gekommen.
Die Tante Bea kam mir bildhübsch vor, weil sie das Haar anmutig mit einer güldenen Spange zurückgesteckt hatte, und außerdem in einem äußerst zierenden Kostüme stak.

Der Onkel wiederum kam mir etwas kahlrasiert aber/und sehr nett vor.

Rehlein redete wie ein Wasserfall. Dankbar für Anekdotenmunition, mit der Rehlein selber regelrecht beschossen zu werden schien, denn wenn man sich sooo lange nicht gesehen hat wie die beiden Schwestern, dann muß man sich erstmal mit Anekdoten bewerfen, um sich auf die Schnelle wieder anzuwärmen.

Rehleins mitreißende Geschichten führten über Stock und Stein, führten Rehlein bis nach Hofgeismar, und blieben schließlich bei Tante Marie und Onkel Alfred, und deren erbwütigen Kindern hängen.

Das Beätchen frug so süß: „Haben die nette Nachbarn!"

Abends gab's in Anbetracht dessen, daß Buz & Rehlein heut ihren 37. Hochzeitstag feierten, eine noble Käseplatte, und dazu wurde Sekt ausgeschenkt.

Rehlein mit ihrer mageren Rente hatte sich für die Verwandten tief in Unkosten gestürzt.

Mittwoch, 7. April

Unerfreulich grau

Rehlein wirkte ein wenig hyperaktivisiert und nervös, weil wir doch jetzt zu fünft sind.

Natürlich freut sich Rehlein über den Besuch, aber man möchte doch alles perfekt machen, wie das schöne, neue, weiße Tischtuch unten verriet. Und um diesem Anspruch gerecht zu werden, muß man sich sehr anstrengen.

Dann zeigte sich das Beätchen, und erzählte von der Eigenurinkur, die derzeit auch in Amerika sehr in Mode sei, da sie Wunder aller Art bewirke. So manch einer unter uns war mit einem Schlage seine Zipperlein los.

Ich pochte darauf, daß wir schnell losfrühstücken sollten, bevor die Herren kommen, weil sich dann ja wieder die lästige Sprachbarriere ausbreitet.

Sogar ein großes Glas mit frischer Hochglanznutella konnten wir den Gästen bieten.

Bei Jesses Morgenbegrüßung kam die Esslinger Oma in Rehlein zum Ausdruck, indem Rehlein ihrem eigenen Schwager in leicht befremdlicher Weise nur die Hand hinhielt, so, als wenn's ein Fremder sei, und nicht der Mann, der allnächtlich neben ihrer Schwester nächtigt.

Doch diese *scheinbare* Sprödheit lag an Rehleins vielen, verunsichernden Erfahrungen, und wir wissen ja gottlob, wieviel Gefühl in Wirklichkeit in Rehlein schlummert.

Als das Telefon schrillte, sprang Buz seinem Naturell gemäß wie eine Tarantel auf, und schien quasi vom Überschall hinweggesogen.

Ich bescherzte die Bea damit, daß Buz derothalben zum Telefon hurtelt, weil er immer damit rechnen muß, vielleicht überraschend Vater geworden zu sein? Ich parodierte eine neurotisch-säuerliche Stimme wie vom bösen Uschilein, die Buzen ein hohnverdrehetes „Gratuliere!" durch den Hörer entgegenschleudert.

In der Tat war mir heut schon die Idee gekommen, die Hilde könne womöglich schwanger sein, da mir Buz so in sich gekehrt schien?

Auf einem Spaziergang durch den Egelser Forst: Rehlein schien mir etwas stimmungsarm, und ich hatte das Gefühl, daß Rehlein von ihrer Schwester Bea, die leider nicht so recht zu ihr passen will, geradezu ungeheuerlich angestrengt war?

Unsere Fünfergruppe hatte sich dahingehend zerklüftet, daß die beiden Herren vorausliefen. Ab und zu verloren wir Damen und in Tripelküssen, aber eine Stimmung an verbindender Harmonie, wie sie allen vorschwebte, konnte auch damit nicht heraufbeschworen werden.

Jede von uns bemühte sich auf ihre Weise um Stimmung, und keiner gelang´s!

Wir überlegten, was Buz seinem Schwippschwager Jesse wohl grad erzählt? Etwas herzlos vermutete ich frei von der Leber weg, er würde bullschitten, aber vielleicht war´s ganz anders, und mein süßer Papa erzählte dem Jesse die Geschichte von seiner allerersten Liebe?

Dann kamen die Herren zurück. Rehlein und Beätchen breiteten für ihren Mann je die Arme aus, und das Beätchen rief: „Wer kommt in mein Gärtchen?" Bloß auf mich wartete so wie immer: Niemand. Doch es war mir egal, und ich erzählte den Damen gleichmütig, daß mich Herren eigentlich nur verlegen stimmen würden.

Im Grunde verstehe ich mich überhaupt nur noch mit älteren Damen.

Abends litt Rehlein wieder an ihrem hohlen Zahn, so daß wir fast den Jörg angerufen hätten. Ich war ärgerlich, daß GOTTES Zorn immer ausgerechnet unser süßes Rehlein trifft.

Donnerstag, 8. April

Herbe.

Sehr grau

Buz versuchte der Bea zu erklären, was ihm mit seiner privaten Musikschule, die demnächst zu gründen er gedächte, wohl so vorschwebe, und in Rehlein bildeten sich wüste Stacheln gegen den Herrn Gemahl, weil er am Eßtisch immer so virtuose Zunge schwingt, und weltfremd daherredet. Diese ganzen Wortgeschosse habe er doch schon in Weimar verballert, und was ist daraus geworden?

Ich schleppte einen Stoß Noten für's Emder Konzert herbei, um Buzen vorzuspielen, doch leider ist es ein wenig so, daß Buz lieber redet, und das bloße Abhören eines Geigers erfüllt ihn mit Ungeduld, weil's ihn schon beim ersten Ton in allen zehn Fingern juckt, eine pädagigische

Zurechtformung durchzunehmen. Ähnelnd einem strengen Literaturkritiker, der schon nach dem ersten Buchstaben mit seinen Schmähungen loslegen möchte. Ich wiederum spiele lieber, als daß ich mir die Lehren anhöre.

Ich spielte die Mozart Sonate in e-moll. Gleich nach dem ersten Satz sagte Buz bloß: "Wollen wir darüber reden?"

Ich hab´s dann aber noch zuende spielen dürfen, und Buz sagte, ohne den Blick aus den Noten abzuwenden: „Mhm...pass mal auf..."

Dann sprach Buz darüber, daß es ein anderes Tempo bräuche und dererlei mehr. Ich kapiere immer alles sofort, was Buz sagt, und das multiple Variieren der einzelnen Kritikpunkte strengte mich sehr an.

Mittags gab es Hühnchenkeulen und unzählige Kartoffeln. Kunstvoll zubereitet in Rehleins Da-Tong-Topf – einem überdimensionalen Eisentopf aus Taiwan.

Dem Onkel Jesse hat Rehlein gleich zwei Hühnerbeine auf den Teller gelegt, weil sie wahrscheinlich instinktiv dachte: „Ein Mann aus Norwegen ist sicherlich ein Vielfraß?"

Und über Buz wiederum denkt Rehlein, er sei ein Vielschwatz.

Es ist nicht bös gemeint, doch der Ausdruck ist so lustig, daß man sich nicht bremsen kann, dies zu denken!

Am Nachmittag war ich mit Onkel Jesse & Tante Bea in der Stadt. Verglichen mit Seattle hat Aurich eine gradezu dörfliche Struktur, und man weiß nicht so recht, was man den Verwandten aus Übersee wohl so bieten solle, außer natürlich sich selber als munter zwitscherndes kleines Vöglein?

Am Knollennasenkiosk bewunderten wir die üppigen Oberweiten auf vereinzelten Busenwundermagazinen – und ich hoffte sehr, den Onkel damit doch noch irgendwie zu interessieren und faszinieren, zumal dererlei in Amerika verpönt ist, wie ich mal von Onkel Dölein erfahren habe.

Freitag, 9. April

In Ostfriesland grau,
in Grebenstein wunderschön frühlingshaft

Beim Einschlafen wurde ich von einer wehmütigen Stimmung beweht, so wie **damals im Jahre 1973, als die Tante Bea nach Amerika zurückkehrte und beim Abschied plötzlich Tränen in die Augen bekam**, weil man beim Abschied zuweilen doch noch vom Gefühl befallen wird, das bißchen Zeit, das einem gegeben war, nicht gescheit genutzt zu haben. Und heute reisen Bea und Jesse doch schon wieder ab!

Als Tochter bin ich hinzu noch so sehr an Rehlein angekoppelt, so daß ich sehr mit Rehlein mitleide, daß es ihr bei diesem Besuch nicht gelungen war, ihre wahre, wundervolle Persönlichkeit voll auszufahren, so daß sie vielleicht sogar ein schales Gefühl bei den Verwandten hinterlässt, daß es mit der Erika, ihrem Verbitterungsgrad und ihren Nerven nun doch ziemlich arg geworden sei?

Am Morgen hat Rehlein den Onkel Jesse extra mit einem Begrüßungskuß begrüßt, obwohl Rehlein mit dererlei Gunstbezeugungen eher sparsam umzugehen pflegt, zumal einst die Esslinger Oma zu einem Begrüßungskuss ihrer Schwiegertochter Mobbl gesagt habe: „Komm, laß das!"
Mobbl hat sich das damals sehr zu Herzen genommen, doch im Nachhinein glauben wir alle, daß es die Omi nur gesagt hat, um ihre Rührung zu verbergen.

Ich dachte über Folgendes nach:

Im Frühling des Lebens ist man eine geglückte, im Sommer eine ausgewogene, im Herbst eine bedenkliche und im Winter schließlich eine unerträgliche Mischung seiner beiden Elternteile.

Darüber mußte ich laut lachen, weil es mir schien, als hätte ich mit diesem Gleichnis einen Stein der Weisen gefunden, und am Ende ist´s tatsächlich bei Allen so?

Ich überlegte mir sogar, wie ich später im Alter wohl so bin, und zu diesen Überlegungen *tauchte vor meinem geistigen Auge eine alte Runzel auf:*

Ich erzähle nur noch empörende Geschichten, bzw. stochere die Vergangenheit nach Empörendem ab, sitze auf dem Sofa, wühle in der Nase und hab üüüberhaupt keinen Blick dafür, was im Haushalt so getätigt werden muß?

Dann ist Rehlein zum Dentisten gegangen. Der Stuhl, auf welchem Rehlein zuvor mit Argusaugen auf den bullschittenden Buz draufgeschaut hatte, war somit leer, und Buz beplauderte befreit seine Schwägerin Bea.

Buz spach darüber, wie entsetzlich die Ehe von Opa und Mobbl sei, und färbte seine Erzählung ganz eindimensional. Dann referierte Buz über seine Zukunft, so daß Rehlein die Haare zu Berge gestanden wären.

„Ich könnte jederzeit Meisterkurse in Taiwan und Tokio geben", sagte Buz leicht gönnerhaft im Tonfall – so wie der Sprößling eines Monarchen, der Dinge sagt wie: „Ich könnt' an jedem Finger zehn haben. Die Frauen rennen mir die Bude ein!"

Ich stellte mir vor, wie der süße Buz von seinen Lehrern geprägt wurde. Wenn er ihnen vorspielte, und sein Innerstes nach Außen kehrte, sagten sie hinterher immer bloß: „Mhm, also gehen wir es von Vorne an…" so daß Buz als Vorgespielthabender vom kühlen Winde der Erkenntnis bepustet worden sein dürfte, daß sein ganzes Gefühl an einer Mauer abgeprallt war.

Und dieser Gedanke stimmte mich so traurig!

Heute mußte Rehlein ein Zahn gerupft werden.
(Gottlob außerhalb der Lächelzone)
Ich als Tochter war verzweifelt, und fühlte mich elend.

Buz brachte mich an den Bahnhof in Leer.

Auf rührende Weise hätte Buz fast für zwölf Mark das Ostfriesland Magazin gekauft, bloß weil darin ein kleines Foto Mings abgebildet war.

Mir kaufte der rührende Buz ein Musikjournal als Reiselektüre.

Im Eisenbahnabteil las ich ein Interview mit dem Dirigenten Semyon Bychkow. Die Reporterin schwenkte die Rede auf die Pianistin Marielle Labeque:

„Ist das Ihre Lebensgefährtin? Darf man das so sagen?"

…und Semyon Bychkow antwortete: „Sie dürfen noch viel mehr sagen: Marielle ist die Liebe meines Lebens!" (Dies gefiel mir)

Abends saß ich gemütlich bei der Omi. Ich las auf eine entspannende und verbindende Art aus der Bild-Zeitung vor, so daß beständig Zwischenanekdötchen eingeschoben wurden.

Die Omi erzählte mir, daß ihre Helferin Babette vier Tage lang als Zahntechnikerin arbeitete. Doch weil sie dort immer nur im Wege stand, wurde sie wieder hinausgeworfen.

Rehleins gezogener Zahn schmerzten mich noch viel mehr, als Beätchens Weggang, auch wenn man sich nach menschlichem Ermessen wohl höchstens noch zwei bis dreimal im Leben sehen wird.

Nachtrag 2021: Und tatsächlich: Im November 2013 sah man sich wieder. (Einmal bislang)

Samstag, 10. April
Grebenstein - Trossingen

In Hessen warm und sonnig.
In Trossingen zarte rosa Schäfchenwolken
auf himmelblauem Untergrund –
Goldrand am Horizont

Die Omi hat am Morgen sehr lang gebraucht, um sich anzukleiden, weil sie doch schon so alt ist. Man hörte sie ächzen und stöhnen, und als schon ganz viel Zeit vorbei war, hatte sie noch nicht einmal das Gebiss eingeschoben. Es lag ohne das Drumherum auf dem Bett.

Beim Frühstück erzählte mir die Omi vom Onkel Hambum, der sein schönes neues Haus in Potsdam nicht betreten mag, und somit als Dauergast in der Wohnung vom Onkel Eberhard haften geblieben ist.

Zum Abschied sagte die Omi: „Pass auf deine Locken auf!" Doch ich argumentierte, daß man auf das Leben seiner Haare keinen Einfluß habe. Sie dürften den Blättern einer Blüte entsprechen, die eines Tages einfach abfallen. Viele Glatzenträger sind traurig, daß es ihren Haaren auf ihrem Kopf scheinbar nicht gefallen hat? („Mich hält hier nichts mehr! Über solch primitiven Gedanken möchte ich nicht blühen!") Und daß die alle fort sind, läge gewiss nicht daran, daß man nicht auf sie aufgepasst habe? (Oder doch?)

Gegen 19 Uhr 40 war ich daheim in Trossingen, und erlebte eine Freude:
Eine neue Badewanne!

Als es dunkel war, weihte ich die neue Wanne ein. Im fabrikneuen Silber-Metallic-Knauf spiegelte ich als Badende mich als St. Pauli Busenwunder.

Sonntag, 11. April

Regennass

Nach dem Erwachen in einen verregneten Sonntag hinein, laborierte ich an einer Aufstiegs- und Entscheidungsschwäche. Ohne mein Hirn explizit danach abgemolken zu haben, fiel mir ein, was ich geträumt hatte: *Bur & ich wollten das Konzert für Elektroviline von Rudolf Haken - umgeschrieben für zwei Elektrovinilinen - aufführen, und Buz wollte – bis auf eine – sämtliche Variationen im Variationensatz streichen, so daß es gar kein Variationensatz mehr gewesen wäre! Buz versuchte mir einzureden, daß ich diese Variationen doch überhaupt nicht könne – und dabei hatte ich doch so fleißig daran geübt! Bei meinen feurigen Argumentationen ließen sich beleidigende Worte Buzen gegenüber einfach nicht vermeiden, doch Buz ließ meine Worte einfach an sich abperlen, als wir auf einem durchgesägten Grashügel nach Hause liefen.*

Wenig später rief Buz im wahren Leben an, und war sehr freundlich, so daß man sehen konnte, daß meine harschen Wortgeschosse tatsächlich vollkommen an ihm abgeprallt schienen.

Sonntag bei Regen in Trossingen! Die uferlose Freiheit lähmte. Eine unüberschaubare Fülle an möglichen Tätigkeiten rangelte sich um den ersten Platz, so daß ich als Auszuführende in einen lähmenden Entscheidungspatt gezwungen wurde.
  Schließlich raffte ich mich dazu auf, das Autohaus Framke zu besuchen. Ich lief nicht nur durch den Regen, sondern auch durch eine Menonitenhorde vor der Kirche. Die Russen pflegen sich für die Kirche so fein und schön zu machen: Mit glitzernden Röcken und Stöckelschuhen die Damen, im Smoking die Herren.

„Hallo Deutschland":
Gezeigt wurde, wie Marika Kilius und Hans-Jürgen Bäumler nach 17 Jahren doch nochmals gemeinsam auf's Eis traten. Doch sie können nichts mehr!
(Bloß noch Arm in Arm über die Eisfläche gleiten)

Montag, 12. April

Vorwiegend trüb und nieselig

Ich mühte mich mit einem Brief an Opa und Mobbl ab, und zeichnete mich als St. Pauli Busenwunder in der Badewanne. Dann fiel mir –

hinwegmodulierend über Rehleins verlorenen Zahn, der ja auch uns fehlt - noch etwas Lustiges ein:

Ich philosophierte über einen Themenaspekt, wo mir wohl kaum jemand beipflichten würde(?): Daß es in unserer Familie kein „dein" und „mein" gäbe, sondern bloß ein „unser", und so könne man theoretisch auch die Handtücher, wo „er" und „sie" draufsteht, zusammennähen, „ER" und „SIE" aufdröseln, und stattdessen „UNSER" hinsticken? Dann hätte man ein riesengroßes Handtuch, das zusammenzufalten wohl einiges an Mühe bereiten würde.

Dies sei doch eine wirklich schöne Tätigkeit für jemanden, der am Daltonsyndrom laboriert, und wenn man grad schon dabei ist, dann könnte man alle Handtücher zusammennähen, um zu schauen, *wie* groß es denn würde. Das könnte man dann gar nicht mehr zusammenfalten – geschweige denn in den Schrank stopfen.

Ich lief durch Trossingen. Meine Menschenscheu wird immer ärger: Inzwischen dehnt sie sich sogar auf Menschen aus, die ich eigentlich gerne hab. Ich bekomme dann Lampenfieber, ob mir auch was Nettes zu sagen einfällt? So erging's mir beispielsweise mit dem Prof. Kebap, den ich in Reisebüronähe zur Bank streben sah. Auch beim Hochschulkorrepetitor Dieter S. tat ich mal so, als habe ich ihn nicht bemerkt, und der frommen Conny wiederum war ich dankbar, daß *sie* so tat, als habe sie *mich* nicht gesehen.

Vormittags sind die Trossinger allesamt schlecht gelaunt und hassen sich. Erst abends im Wirtshaus wärmen sie sich wieder an.

Im Supermarkt hatte ich mir allerlei Wischwunder zusammengekauft, doch die Arbeit erfüllte mich mit latenter Verzweiflung. Ich drohte mich in Details, wie beispielsweise dem Aufpolieren der rußigen Kuchenbleche im ebenfalls rußigen Backofen zu verlieren, und in meiner schäbigen Studentenwohnung ist so ziemlich alles verlottert.

Es könnte eigentlich alles wie neu ausschauen, wenn ich es von Anfang an richtig gepflegt, bzw. so agiert hätte wie Herr Bloser, dessen penibel gewartete Wohnung Katalogqualität besitzt!

Ich putzte meinen Müllschlucker Herbert zunächst noch etwas weltfremd auf einem aufgerupften Müllbeutel im Wohnzimmer, und schließlich schweren Herzens in der Badewanne. Dabei mußte ich an den Sägemörder denken, der in seiner Badewanne eine Rentnerin zerteilt hatte.

Nicht auszudenken wäre, wenn auch er immer bloß nach der Stopuhrmethode gelebt hätte. Mitten in seiner „Aktion Torso" hätte der Wecker gepiepst, und er hätte etwas Neues auslosen müssen: „Geburtstagsbrief an Agnes?!"

Dienstag, 13. April

Das Wetter änderte sich meist rapide. Oftmals
regnerisch – und ab und zu intensivst sonnig,
grad so als wolle die Sonne den Zeigefinger heben
und zu uns sprechen

Frau Kettler erzählte mir, daß die Kollegenschaft in ihrer Arbeitsstätte mittlerweile so verfeindet ist, daß man sich in der Cafeteria allmählich so unwohl fühlt, als sei man eine nackte Frau in Teheran!

Den ganzen Tag hörte ich Brahms Symphonien (Nr. 3 und Nr. 4), und die Musik bewegte mich so tief, daß mich Schauder durchbebten.

Oft zogen giftgraue, bettdeckenartige Wolkengebilde über Trossingen, und man konnte nur beten, daß es nicht schon wieder regnet, und meine nasse Wäsche draußen noch nässer wird.

In „Hallo Deutschland" kam heute die Geschichte einer 34-jährigen Berlinerin, die von einem Psychopathen eingefangen, und sieben Wochen lang in einen Keller gesperrt wurde. Sie wurde nur befreit, weil ihr Peiniger einen Autounfall hatte, und ins Spital mußte. Da kümmerte sich seine Schwester rührend um das Haus, und hörte Schreie aus dem Keller. Na, die wird Augen gemacht haben!

Der Abend war so schön, und ich übte so fleißig, daß ich davon sogar Seitenstechen bekam.

Zu vorgerückter Stund rief mich die treue Mireille an. Wir plauderten sehr nett, und obwohl ich nicht in Plauderstimmung war, babbelte ich allerlei auf die einsame Mireille ein: Ich riet ihr, ein paar Klavierschüler zu nehmen, denen sie ja wörtlich widerkäuen könne, was Herr Althapp in der letzten Klavierstunde gesagt hat.

Über den Klavierlehrer, Herrn Althapp gibt es eine traurige Geschichte zu erzählen: Er organisierte sich einen Klavierabend, und übte so fleißig dafür. Doch es erschienen nur drei Damen. Zwei von denen - Mireille und ihre Freundin – wären *beinahe* nicht gekommen, - ihr *Dochgekomme* hing somit an einem seidenen Faden, und bei der dritten Hörerin handelte es sich um eine Dame, die Herr Althapp nicht ausstehen konnte. In Herrn Althapps Zügen zeigte sich große Verbitterung – besonders als nach der Darbietung die dicke Dame aus ihrem Fett bellte: „Zu-ga-be! Zu-ga-be!!!"

Seit heute ist bei uns in Aurich der Onkel Rainer zu Besuch. Er sei ein altes Männlein geworden, mit dem man sich jedoch sehr gut verstehe, und viel lachen würde, berichtete Buz am Telefon auf seine zärtliche, liebevolle Weise.

Mittwoch, 14. April

Meist sehr herzlicher Sonnenschein.
Bei Dunkelheit regnete es

Am Vormittag schellte es an der Tür:
Herr Walter war's – mein Vermieter. Ich mußte mich gleich für zweierlei schämen: 1.) den Unrat vor meiner Türe (da meine Wohnung leider zu eng geworden ist) und 2.) den unsäglichen Knoblauchnebel in dem ich stak, und für den ich mich gegen Ende der Plauderei sogar entschuldigte. Doch Herr Walter sagte: „Knoblauch isch gsund!" so, wie er überhaupt immer nur Nettes und Ermunterndes sagt.

So auch: „Sie bleiböt uns doch hoffentlich noch erhaltö??!" – und ich hatte schon Angst gehabt, er brächte mir die Kündigung!

Wir sprachen über die verschollene Koreanerin nebenan – bzw. nun nicht mehr nebenan. Grad auf die Gefahr hin, daß die arme Studentin vielleicht irgendwo in einem Keller gefangengehalten wird, hat Herr Walter nun die Polizei eingeschaltet.

Ich besuchte Ute B. in Rottweil. Die Ute brühte Tee auf, und dann ging bald das Geplärr aus dem Schlafzimmer los, und die Ute reagiert immer mit übergroßer Betroffenheit auf jedes Wehklagen ihres kleinen Babys Rosalie.

Die Feli redet jetzt ganz viel, so quasi ohne Punkt und Komma. Zunächst erklärte sie uns ihre Zehlein.

Zeigezeh, Stinkezeh, Ringzeh und kleiner Zeh.

Ich sagte: „Krieg ich einen dicken Kuß?"

„Nö!" sagte die Feli trocken und rustikal. Hernach malte sie an ihrem kleinen Kindertisch mit Hingabe den Mond, und die Ute schäumte einmal sehr ungemütlich auf, als die Kleine die Möbel anmalte.

Ein anderes Mal schäumte die Ute sogar bedrohlich auf, als die Feli sie ins Bein biss! Dann tat der lieben Ute ihr Ausbruch aber bald leid – wenngleich man dabei jedoch nie das pädagogische Ziel aus den Augen verlieren sollte.

„Jetzt mußt du aber auch ganz fest pusten!" sagte die Ute daher versöhnlich.

Später hat die süße Feli sogar ein gewisses Talent für´s Geigenspiel gezeigt. Überraschenderweise zeigte sie großes Interesse daran, und wenn ich ein Liedchen aus der Geigenfibel zuende gespielt hat, dann rief sie: „Nochmal!"

Ich regte an, daß wir uns einmal die Woche zu einem Erinnerungsaufwärmeabend treffen könnten.

Donnerstag, 15. April

Trostlos verschnieselt und ganz kalt

Die Valerie rief mich an. Ich verdrehte die Augen und dachte: "Muß das jetzt sein?"

Sie sprach nordeutsch und schwäbisch gemischt. Mit norddeutschem Akzent sagte sie „ischt" und

„bischt". Heiraten will die Valerie niemals. Allerdings ist sie jetzt mit einem Herrn zusammengezogen, und ihr geht´s fantastisch, weil sie meint, daß das Leben mit vierzig erst losginge. Schön wär´s!
Dann erzählte sie mir noch allerhand: Sie bekäme nun graues Haar, aber das sei das Leben! Über die Hilde äußerte sie sich arrogant: Daß sie immer noch in Schwäbisch Gmünd als Klavierlehrerin tätig sei? Tz tz tz! Habe man nicht einst ganz andere Pläne gehabt?? Wie langweilig! Also, *sie* könne das nicht!

Freitag, 16. April
Trossingen - Grebenstein

Grau und kühl. In Trossingen verschneit.
In Grebenstein war am Abend
die eine Himmelshälfte aufgerupft,
so daß sich rosa Schäfchenwolken
auf blauem Untergrund zeigten

Ich las in der BUNTEN, daß Friedrich Gulda seinen eigenen Tod inszeniert habe, um am Ostersonntag, dem 3. April seine Auferstehung zu feiern.
Wegen seiner grämlich-grantlerischen Wiener Art ist der Pianist nicht sonderlich beliebt, und zu seiner Auferstehung erschienen, ähnlich wie zu meinen Kirchenkonzerten – grad eben mal 53 Interessierte!
Der Gulda gab ein sauertöpfisches Interview:

„Freunde habe ich überhaupt nicht!" sagte er gar. Doch dies klang keinesfalls bedauernd, sondern eher so, als läge er nicht den geringsten Wert darauf.

Der Frankfurter Hauptbahnhof schien aus allen Nähten quellen zu wollen, und so blieb mir nichts anderes übrig, als Buzen ausrufen zu lassen: „Herr Wolfram Hönig!" sprach der Beamte durchs Mikro, da er nicht gescheit hergehört hatte, „Herr Wolram Höööönig!" Doch Buz, den ich wenig später durch großen Zufall in einem Menschenstrom mitwabern sah, hatte es ohnedies nicht gehört, da er gedanklich mit etwas Anderem absorbiert war. Dann war Buz aber sehr nett gestimmt, und sah hinzu so süß aus.
Buz strebte nach Trossingen in meine noch warme Wohnung, und ich zur Omi.

Später:
Im Buchshop freute ich mich plötzlich, daß ich jetzt in Kassel bin. „Eigentlich müsste sich doch jetzt ein Freudenei melden!" dachte ich, denn immer wenn ich mich freue, muß ich sofort ein Ei legen, und schon meldete es sich.
Für die Omi kaufte ich bei Karstadt einen Kassettenrekorder, und fuhr um 18:01 nach Grebenstein.

Abends in Grebenstein:
Wir sprachen über die verschwundene Koreanerin und schauten Fotos an, die die Witwe von Hartmut dem I. (Buzens Onkel) geschickt hat. Auf einem

Foto konnte man Buz und Utelchen fröhlich Hand in Hand daherlaufen sehen, und der süße Buz trug gar auf Rotkäppchenart ein Körbchen.

Auf einem anderen Foto sah man die Omi als junge Frau an der Schreibmaschine sitzen.

Ich erzählte der Oma, wie ich mich in Trossingen mit dem Tonmeister festgeschwatzt habe, und paradoxerweise schwatzten wir uns über Leute fest, die sich dauernd festschwatzen.

In Omis stetig wachsendem Besitz türmen sich die Goldmann-Kriminallfall-Kassetten, und eine davon hörte sie sich an. Mit düsterer Musik und Gruseleffekten hatte man den Krimi noch ein bißchen für sehbehinderte Senioren aufgepeppt.

Samstag, 17. April
Grebenstein - Aurich

In Grebenstein unwirrsche Bewölkung und
Tröpfelregen.
In Aurich angenehm herb und nordisch

Am Morgen ist schon bald die gute Frau Reinlich gekommen. Allerdings erfuhr ich heute, daß die Dame mit dem fast purpurgefärbten Frühlingsmopp auf dem Koppe, nicht – wie bisher angenommen – einen Namen trägt, der ihrem Beruf Ehre macht, sondern „Frau Rei*mich*", und hinzu grad ebenso wie die Omi ebenfalls Ella heißt!

Frau Reimich lüftete auch noch das Geheimnis um ihr Alter: Fast 41 Jahre alt (*am 7. Mai 1958) und hinzu noch Mutter von zwei erwachsenen Kindern. Auf dem Haupte sei sie in Wirklichkeit schon ganz grau, erfuhren wir, und Frau Reimich zückte ihren Personalausweis in welchem man auf das Foto einer alten Dame schaute. Wundersamerweise ist Frau Reimich in letzter Zeit allerdings etwas jünger geworden. Staatsbürgerschaft „Deutsch" stand da zu lesen, doch Frau Reimichs Deutsch ist im Laufe der Jahrhunderte etwas verwildert, so daß man sie nicht mehr recht versteht.

So, wie Omis Leben ist auch das von der Frau Reimich trübe.

Die Omi hatte mir schon erzählt, daß *Herr* Reimich einen Haschemich habe. Er habe gedroht, seine Frau umzubringen, und riet ihr, sich auf dem Friedhof schon mal das passende Grab auszusuchen.

Omis Helferin Babette kommt aus denkbar ungemütlichen Familienverhältnissen.

Allmorgendlich leidet sie unter einer Aufstiegsschwäche, und bleibt oftmals bis um halb elf im Bette liegen. Wie in leider allzu vielen Familien wird innerhalb der Familie nur in knatschigstem, nörgeligstem und unangenehmsten Tonfall miteinander kommuniziert. Etwas, was sich nach so vielen Jahren nun nicht mehr abstellen lässt.

Babettes Mutti wurde zu Weihnachten eine Brust abgenommen, weil sie Krebs hat.

Später frug ich die Babette persönlich nach ihren familiären Verhältnissen aus.

„Wunderbar!" sagte sie in einer vor Sarkasmus fast zitternden Stimme, und fügte hochneurotisch wie das Uschilein etwas von den ewigen Demütigungen hinzu, denen sie rund um die Uhr erbarmungslos ausgesetzt sei.

Gestern z.B. gab es eine wüste Auseinandersetzung zwischen Vater und Tochter beim Heckenscheren, so daß die erschrockenen Nachbarn herbeigeeilt sind. Die Babette hatte ihrem Vater mit dem Besen gegen's Schienbein gehauen, weil sie gehört hat, wie er zur Mutter sagte: „Die Babsi versteht's, sich vor der Arbeit zu drücken!"

Und nach der herzlosen Attacke gegen sein Schienbein hat Herr Dietrich seiner 32-jährigen Tochter reflexiv eine gescheuert, so daß sie eine rasch anschwellende feuerrote Wange davon trug.

Liebevoll verabschiedete ich mich von meiner kleinen Oma im Rollstuhl, und so, wie die Frau Reimich seitdem sie in Deutschland lebt, mehr Vitamine bekommen hat, als in Rußland all die Jahrzehnte zuvor, bekam die Omi in den letzten zwei Minuten mehr Küsse als Andere in ihrem Leben.

Jetzt muß sich die Omi mit ihren Krimihörspielen die Zeit vertreiben, und ich lief gehüllt in dumpfem Abschiedsschmerz zum Bahnhof, wo ich mit einer zirka siebenminütigen Verfrühung eintraf.

Sonntag, 18. April

Schöner nordischer Sonnenschein

Rehlein sprach davon, daß Ehepartner sich ergänzen sollten, und findet es darüber hinaus so schön, daß der Onkel Jesse einst über einen Ort, der sich offenbar unter eine ganz besonders schöne Wetterlage gezwängt hatte, gesagt habe: „Hier will ich leben!" Und ein Jahr später lebte er wirklich dort.

Wegen meinem verstopften Ohr, muß ich morgen in die HNO-Praxis, und beim Spaziergang zeigte mir Rehlein, wo die Praxis Dr. Claassen steht.
Ich hoffte soo sehr, daß der Ohrologe auch nett ist, doch Rehlein meint, er sei einfach nur „normal".
„Eigentlich," so sinnierte ich, sollten die Ärzte auf ihr Praxis-Schild doch schreiben, was sie für einen Grundcharakter haben, denn sonst weiß man doch gar nicht, auf was man sich da einlässt?
Z.B. „trocken" „fein-herb" oder auch „lieblich"?
So, wie ich immer denk´, was ich nachher wohl ins Tagebuch schreiben will, denkt das süße Rehlein immerzu, was sie nachher den Verwandten mailen will.
Nachmittags bekleckerte sich Rehlein mit Onkel Rainers Ahornsirup und überlegte gleich, wie sie das dem Onkel Rainer mailt (Subjekt: „Klebriger Pullover")

Montag, 19. April

Wunderschön frühsommerlich

Rehlein wird manchmal leicht pampig, wenn ich ihr prophylaktische Fragen stelle: Z.B. wie's wohl beim Zahnarzt wird? Das ist Rehlein auf Dauer zu wenig: Rehlein möchte eine peppige und kluge Tochter mit welcher man auch etwas geistigen Austausch auf Erwachsenenebene betreiben kann: z.B. über Kultur und Politik…dann gefielen Rehlein meine Themen aber plötzlich doch, so daß ich Mühe hatte loszukommen: Wir sprachen nämlich davon, wie die Kinder, die Buz theoretisch mit einer anderen Frau hätte zeugen können, wohl geworden wären?

Rehlein glaubt kaum, daß die so toll geworden wären wie wir, „denn die Mischung, die macht's!" wußte Rehlein und lachte schelmisch.

Rehleins Kinder mit einem anderen Mann wären aber auch nichts Besonderes geworden, sinnierte Rehlein weiter – „aber vielleicht nicht ganz so unbesonders wie Buzens?" wußte wiederum ich naseweiß zu hypothetisieren.

Dann radelte ich mit Rehleins neuem porscheroten Radl den langen sperrigen Weg zum HNO-Arzt ab.

(Ich schreibe einfach „porscherot" – und dabei gibt's Porsches doch in allerlei verschiedenen Rotschattierungen?)

Im Wartezimmer saß eine Ansammlung an verdrossenen HNO-Patienten.

Der Doktor ist ein normaler junger Mann mit einem runden Kopf, umrahmt von braunen Ponyfransen, der, wie ich fand, seine Arbeit sehr gut ausführte. Er stellte eine Entzündung je im Außen-, als auch im Innenohr fest, und stopfte mir das rechte Ohr sogar zu, so daß ich jetzt 24 Stunden lang teil invalid bin. Einmal lachte er erheitert, weil ich gesagt habe: „Da probe ich jetzt das Seniorentum vor!"

Rehlein und ich aßen in aller Stille zu Abend.

Rehlein sprach davon, wie´s wäre, sich eine Putzfrau zu halten, und daß man die praktisch unentwegt zur Vorsicht gemahnen müsse, und wie sehr es stäubt, wenn man sich umkleidet.

„Etwas, was der Wolf nie kapieren wird", redete sich Rehlein leicht in Glut.

Dienstag, 20. April

Meist schön sonnig

Am Morgen schrieb ich einen Brief an meine Großkusine Ute Binz. Ähnelnd dem Sägemörder, der ja Wildfremde wie alte Freunde zu begrüßen pflegte, schrieb ich der Ute so, wie man Busenfreundinnen aus der Schulzeit zu schreiben pflegt: Nämlich von meinem gestrigen Besuch beim Ohrologen. Ich machte sogar eine lustige Zeichnung, auf welcher der noch junge und unerfahrene Arzt mein Ohr mit Watte auskleidet, so daß ich kein Wort mehr davon verstand, was er mir da für Instruktionen mit auf den Weg gab.

Heute um 13 Uhr 7 dürfe ich den Stöpsel ziehen, denn dann sind die 24 Stunden um, - und ich freute mich darauf wie ein Gefangener, der heut um 13 Uhr 7 wieder in die Freiheit entlassen wird! Man zählt die Minuten und möchte doch in der letzten halben Stunde die Zeit ein wenig langsamer drehen, um die Vorfreude noch besser auskosten zu können.

Herr Heike rief Rehlein an, um sich zu erkundigen, wo er den Antwortschrieb an mich hinsenden solle.

Vielleicht war mein Brief dem sensiblen Herrn Heike durch und durch gegangen? Ich hatte geschrieben, daß mir der dritte Satz seiner Sonate am besten gefiele, und dies bedeutet nach Herrn Heikes Logik womöglich, daß mir die anderen drei Sätze nicht gefallen?

Drum ist er wahrscheinlich schon ganz aufgescheucht vor Beantwortungsdrang?

Ihm ging´s somit ähnlich, wie Felix Gottlieb, einem Stuttgarter Pianisten, der an einem Abend vier Beethoven Sonaten darbot. Herr Bloser als Kollege besuchte ihn hernach im Künstlerkabüff und sagte verlegen: „Ich weiß gar nicht, was ich sagen soll...."

Felix Gottlieb aber ist ein ganz Lieber, und antwortete: „Sie müssen gar nichts sagen!"

„Die Op. 2 Nr. 3 war in Ordnung!" sagte Herr Bloser dennoch.

Probe mit Ming:

Ich parodierte eine unreife Geigerin und benahm mich so, als sei ich Buzens Schülerin Annemieke, ein junges Ding, strotzend vor Unreife, das einmal gesagt hat: „Mozart ist ja Babykram!"

Wer hätte jetzt gedacht, daß ein solch beglückendes Zusammenspiel daraus würde? Nach jedem Satz bewarf mich Ming mit den schönsten Komplimenten. Ming konnte es kaum glauben, wie gut ich vorbereitet war, und was ich für einen schönen Rhythmus bekommen habe („Wie Rachmaninoff!", so Ming). Tatsächlich spielte sich das Programm stellenweise „von alleine".

In der Graf-Enno-Straße sah man die Ina mit ihrem Freund, jenem Halbstarken, von dem man leider nur den kahlrasierten, quadratischen Hinterkopf mit dem kleinen Haarbüschel auf der Kopfesoberfläche kennt. Er als Dauerknutschender verdeckte die Ina fast vollständig.

Als ich später meine Ysaye-Sonate übte, hatte das Liebespaar seinen Standort verlagert. Einen unveränderten Anblick bietend, stand´s nun vor der Haustüre.

Ganz kuriert ist mein rechtes Ohr leider doch noch nicht.

Mittwoch, 21. April

Am Morgen grau und verregnet, mittags hi und da
verquollener, fast mürrischer Sonnenschein.
Durch die bräunliche Wolkendecke
schimmerte zur Abendstund´ die Sonne durch,
doch bald darauf gab´s einen Guss

Ich stellte mir unfroh vor, *wie Ming nach Australien auswandert. Zweimal im Jahr kommt dann ein dicker Brief, weil er sporadisch Heimweh nach seinen Lieben in Europa bekommt. „Hier in Australia haben die noch nicht viel von classische Music gehört" schreibt er dann bald etwas Onkel-Rainerlich, „doch ich habe mich mit der Veronika Birken zusammengetan, und Sonntags musizieren wir zuweilen Händel-Sonaten at die Waldorfschool".*

Mittags kehrte Buz aus Grebenstein zurück. Beim Begrüßungskuß fühlte sich Buz von der langen Fahrt durch die Sonne ganz warmgebraten an.

Als Ming und ich proben wollten, zogen graue Wolken auf, und ein lauter Regen harschte nieder, so daß Buz und Rehlein, die soeben zu einem ehelichen Spaziergang aufgebrochen waren, rasch wieder herbeigespült wurden.

Buz legte sich auf´s Bett, und lauschte unserer Probe durch die Tür. Einmal gab Buz ein paar Tips, wie man die Töne in der Schumann-Sonate saftiger und ausgehaltener interpretieren könne.

„Der Wolfram ist dermaßen professoral!" sagte Ming in gutmütigem Spott, so wie´s Söhne gemeinhin zu halten pflegen, wenn sie anfangen, sich klüger zu dünken, als ihre Vorfahren, und als wir einmal einen Einsatz im Debussy probten, kam Buz hilfsbereit herbei, so wie der freundliche Spitzohrhund Artus in Ofenbach, wenn sein sauertöpfisches Herrchen die Kreissäge aufheulen lässt. Doch Ming scheuchte Buz wieder hinweg, weil er Angst hatte, ich würde unter dem intensiven Pädagogikhagel gänzlich aus dem Konzept gehebelt.

„Jetzt hast du den Papa verscheucht!" sagte ich bekümmert, weil ich als Tochter sehr am Vater hänge. Doch anders als der Opa reagiert Buz nie verärgert oder pikiert auf Dreistigkeit und Ungehorsam.

Donnerstag, 22. April

Meist regensprenklerisch und graumeliert

Im Morgengrauen schrieb ich einen Brief an Brüdi und Gertrud. Ich schrieb, daß sie bei „dieser Schreibdichte" wie ich sie an den Tag lege, im Leben maximal noch 50 Briefe von mir bekommen würden (wenn´s nicht besser würde!), und in den letzten Dreien stünde dann wörtlich dasselbe (in zittriger Schrift verfasst): Dies sei nun gewiß der letzte Brief, da das Alter mit seinen eisigen Finger nach mit gegriffen habe..." (Es folgen dann aber doch noch zwei, bevor das kleine Flämmchen dann endgültig verglimmt.) Von meinem kranken Ohr schrieb ich in humorigem Tonfall auch, doch beim Joggen fand ich es gar nicht so lustig:

Die Ohrtrompete hatte sich wieder auf lästige Weise mit Flüssigkeitssud vollgesogen, es knackte und pochte, und der Lärm in meinem Kopf erinnerte an eine übereifrige, hochvirtuose Sekretärin, die auf ihrer alten Schreibmaschine herumwütet, und das geharnischteste Zeug zusammentippt, das man sich überhaupt nur vorstellen kann.

Beim Frühstück erzählte Ming, daß sich seine ehemaligen unehelichen Schwiegereltern, die Otloffs scheiden lassen wollen, und die Gerswind sei sehr unfroh darüber.

Wir waren schockiert! So alte Leute…Doch da es keine Verwandten sind, wurde unser Glück davon nicht wirklich tangiert, und nur wenig später lachten wir alle laut und prustend, weil der so geistvolle Ming die Schüttelreimerei als Parkinsonpoesie bezeichnet hat.

Die Linda, am Tisch mir gegenübersitzend, sah so ägyptisch aus.

Jetzt kam die Rede drauf, daß ich als Einzige am Tisch keine Schwester habe, und daher keine Ahnung hab, wie es sich anfühlt, eine Schwester zu haben. Ming wiederum hat als Einziger keinen Bruder, doch er meint, der Tone sei sein Bruder.

In der Ostervakanz hat sich Ming so sehr an den Onkel Jesse angeklammert, wie einst das Rifflein an Buz, und ich scherzte, daß der Jesse damals gemailt habe: „Iwans Anhänglichkeit wird mir doch nun ein wenig viel! Nicht mal auf's Klo kann ich noch in Ruhe gehen! Zehnmal am Tag sagt er: „Jesse! You are my new dad!"

Bald darauf setzte sich Ming ans Klavier und spielte den Alborada von Ravel. Ich stand knödelnd dabei und redete wie in jungen Jahren ohne Punkt und Komma irgendetwas, das mir durchs Hirn schwirrte. Einmal kam Buz dazu und störte Mings erfüllendes Klavierspiel <u>wie</u> ein kleines Kind, indem er irgendwelche Tasten drückte und Glissandi dazwischenfingerte. Doch Buz tut's ja nur, um seine Rührung zu verbergen.

Allerdings kann man, wie Rehlein treffend bemerkte, doch nicht den ganzen Tag seine Rührung verbergen.

Freitag, 23. April

Schön sonnig und warm

Konzert in Emden. Es erschienen zirka 60 Hörfreudige und Hörfreudiginnen, so daß mein Lächeln bei der Verbeugung von Herzen kam.

Wir sprachen darüber, daß sich Ulrich T. zur Frau hat umoperieren lassen. Auf einmal heißt er „Ulrike T.".

Da er nicht mehr der Jüngste ist, hat er sich leider zu einem ganz ungünstigen Zeitpunkt umoperieren lassen, da er nämlich als Frau nun mitten in den Wechseljahren mit all ihren Molesten und Zipperleins steckt.

Hitzewellen, Depressionen und ein schwer abschüttelndes Grundgefühl der Sauertöpfischkeit ohne Ende.

Samstag, 24. April

Vormittags sonnig mit z.T.
feuchter Quellbewölkung.
Nachmittags düster, Regen
und schließlich sogar <u>Duschr</u>egen

Rehlein buk an einem Schokogugelhupf herum, mit dem sie uns überraschen wollte. Doch leider war ihr zuvor ein unerfreulicher Ehedisput mit Buzen dazwischengeraten, in welchem Rehlein jetzt zornbebend und voller Dampfablassungstrieb weiterschmurgelte. Fast schroff schwallte Rehlein mich nun voll, und ich hörte es mir geduldig an, denn auch wenn Rehlein auf der B-Seite steckt, kann ich mich nur mit äußerster Müh´ aus ihrer Aura lösen.

Es was so:

Buz hatte, wie gestern abend auch, die Zähne einfach über die Teetassen hinweg geputzt, statt diese mal zu spülen! Rehlein war wütend, weil Buz einfach be<u>haupt</u>et hatte, er habe sie nicht über den Teetassen geputzt, und dabei hat´s Rehlein doch ge<u>sehen</u>!

Im Musikzimmer übte Ming sehr schön seine Beethoven Sonate, und ich mit meinem schier unerschöpflichen Vorrat an Küssen, küsste auf eine Weise auf seinen Wangen herum, daß man meinen könnte, ich hätte dieses Werk total mißverstanden!
Dann hopste ich neben dem Flügel auf und ab.
Währenddessen erzählte mir Ming, ohne das Klavierspiel zu unterbrechen, allerlei, und ich erfuhr allerhand über Herwigs Elternhaus:
Z.B., daß der Vater sehr gut auf Humor anspringt, allerdings sehr emotionsarm oder sogar –frei auf dem Cembalo daherzurieseln- bzw. zu rascheln pflegt. Bloß einmal habe er eine leichte Emotion gezeigt, berichtete Ming plastisch: Eine musikalische Fügung habe ihn an ein Brandenburgisches Konzert von Bach erinnert. Im Konzert spielte er sodann mit der Ausstrahlung eines am Computer vor sich hinarbeitenden Arbeitnehmers. Doch kurz vor besagter Stelle hob er wissend und deutend den Zeigefinger.

Spaziergang mit Buz:
Am Anfang tat sich leichte Verlegenheit auf, weil wir nie so recht wissen, was man einander erzählen

solle? Einmal schob ich Buzen, so daß sich Buz gefühlt haben mag wie ein Mensch mit Gangschaltung?

Am Kiosk kaufte Buz mir ein Eishorn der Firma Nestlé. Dort fuhr eine lange Gruppe an Radfahrern an uns vorbei, und ein jeder wollte mit einem herzhaften „Moin" begrüßt werden.

Das Wetter lugubrierte sich, die Wolken ballten sich bedrohlich, und Buz suchte Unterschlupf in einem Waldpavillon.

Dann erlaubte sich der Papa mit zwei Buben, die auf einer Bank saßen, einen Spaß: Er beschuldigte sie, am Regen schuld zu sein, und hieb ihnen spaßhaft symbolisch eine Ohrfeige herab.

Konzert mit Herwig und Ming in Emden.

Gespannt und in großer Vorfreude auf das Kommende saß ich zwischen Tone und Lindalein, als der Herwig mit der vierten Bach Suit´ anhob. Er spielte von Noten und strahlte die grämliche Art eines Pubertierenden aus, der gegen seinen Willen in einen bezwängenden steifen Anzug gestopft worden war, und sich im Kreise unangenehmer fremder Menschen äußerst unwohl fühlt. Aber vielleicht fühlt sich der Herwig als Bachinterpret ja auch noch als Pubertierender, denn wie oft hört man von Musikern, die ihr ganzes Leben lang danach ringen, Bach zu verstehen! (Oft vergebens)

Spaßhaft ulkten wir, daß der Herwig sich vielleicht derothalben nicht wohlfühlt, weil er sich womöglich als Frau fühlt? Vielleicht heißt´s über kurz oder lang, daß der Herwig jetzt „Hedwig D." hieße, wenn dieser von Ulrich T. ins Rollen gebrachte Unfug nun bald Schule macht?

Überall werden in den Köpfen Lichter angehen: „Ich weiß, was mit mir nicht stimmt. Ich stecke im falschen Körper und bin eigentlich eine Frau!"

Die Bach-Suite geriet dem Herwig nicht zu seiner Zufriedenheit, und dies Empfinden schlug sich in seinen eigenen Gesichtszügen nieder.

Bei Herwigs Verbeugung hatte ich das Gefühl, der Herwig bemühe sich drum nett und freundlich zu sein, was gar nicht so einfach ist, wenn man mit Unzufriedenheit befüllt ist?!

Nach der Pause schien mir das Konzert wiederum genial: Kein Wunder: Es erschollen meine beiden absoluten Lieblingswerke: Beethovens Sonate op. 69 und die Debussy-Sonate. Als Zugabe bot man gar den zweiten Satz von der Schostakowitsch-Sonate und irgendetwas von Richard Strauß, was mir aber trotz Herwigs warmer Klangfülle nicht soo gut gefiel, da ich ja am liebsten Stücke höre, die ich schon gewohnt bin.

Kaum war der Zauber des Konzerts vorbei, da dachte ich mir schon wieder unpassenden Blödsinn aus: *z.B. zum Herwig zu sagen: „War das dein Ernst mit den Tempi?"*

Sonntag, 25. April

Knollenblätterbewölkung,
doch zuweilen auch sonnig

Buz las Satirisches aus dem „Amadeo", einem Hochglanzjournal für Musikliebhaber vor. Eine Stilrichtung, die von mir immer als leicht schülerzeitungshaft empfunden wird, weil jeder Satz so überaus geistvoll mit einem bissigen Seitenhieb versetzt ist.

Spaßhaft sprachen wir darüber, daß Buz & Rehlein dem Beispiel der Otloffs folgen, und sich scheiden lassen sollten.

Vati Bodo will sich eigentlich gar nicht scheiden lassen, erfuhren wir. Allerdings heißt´s wiederum, ER sei derjenige, der eine Neue habe.

Dann sprachen wir wieder über Uli T., dessen Transformierung zur Frau vielleicht einen Herdentrieb in unserer Stadt auslösen wird?

Plötzlich hat ein jeder das Gefühl, daß er eigentlich von je her immer unzufrieden war, sich im falschen Körper dünkt, und sich umwandeln lassen müßte, um endlich „seine Mitte" zu finden?

Die bezaubernde Linda stand auf der Treppe und fuhr den Arm schrankenförmig aus. Die Schranke würde sich nur öffnen, wenn man ihr zwei Küsse gibt.

„Stell dir vor, man müsste jetzt immer mit Küssen bezahlen!" rief ich hippelig und kleinkindhaft aus, so daß Rehlein meinte, daß ich scheints viel zu viel Zeit habe, um einen solchen Unsinn von mir zu geben?

Die Linda erfand einen Schüttelreim:
> Will man Dummes vortragen,
> sollte man nen Tor fragen

Montag, 26. April

Vormittags grau, dann sonnig staubig und schwül

Ming machte auf Rehlein so einen mürrischen Eindruck. Kein Wunder: In Mings Leben bewegt sich nichts, und nun muß er sogar seine Plakate selber aufkleben, nur damit am Ende vielleicht zehn graumelierte Häupter zu seinem Konzert erscheinen?
Im Auto auf dem Weg nach Dornum war Ming dann allerdings recht nett.
Bald hing ein erstes Plakat von uns im Kurhaus, und als dieses Plakat dann hing, da war doch irgendwie ein Anfang gemacht?! Bei fast jeder Einrichtung, die's so gibt, könnte man sich doch denken: „Ein Schmelztigel für Senioren vom alten Schlage, die ein Ohr für die Musik haben!"

Das Schloß besuchten wir auch. Herr Geerdes, der Schulleiter, war am Telefon so uninspirierend gewesen, und bei Allem was ich anregte, wie beispielsweise, daß man das Plakat doch wohl im Schloß auf Augenhöhe aufhängen könne, wiegelte er ab, weil es dort angeblich niemand anschauen würde.

Nun versuchten wir unser Glück erneut:

Herr Geerdes hatte die vielen Schüler, die sich dort immer tümmeln, schlichtweg vergessen!

Doch er sagte bekanntschaftsabwendend: „Unsere Schüler hören keine Klassik."

„Ja, weil sie die doch gar nicht kennen!" rief ich händeringend aus, doch meine Worte prallten an Herrn Geerdes´ Ohren ab, und hätten ebensogut unausgesprochen geblieben sein können.

Auf dem Heimweg setzte ich mich nach langer Zeit erstmals wieder ans Steuer und sagte: „Es dauert gewiss mindestens zwanzig Minuten, bis ich wieder so gut fahre, daß ich beim Fahren kluge Dinge sagen kann! Im Moment kann ich nur Plattitüden von mir geben!"

Wir erfuhren, daß Buz seinen Spezi N. als Sommergast eingeladen hat, und mit diesem Menschen hat Ming seine Probleme: Wenn der N. Ming sieht, dann pflegt er Dinge auszurufen wie: „Gut, daß ich dich sehe! Kannst du mir mal eben zwanzig Mark borgen?"

Einmal bestand Ming darauf, zehn Mark jetzt und hier zurückerstattet zu bekommen, und der N. ist davon ein wenig sauer geworden. („Im Moment bin ich einfach nicht flüssig!") Als er dann aber sein Börsl öffnete, quoll es quasi über vor Scheinen, und

Ming verstand nicht, warum er sich überhaupt Geld ausborgen mußte??

Dann sprachen wir noch über das Geldborgensemble, und daß der Yossi, als er mal reich war, auch nicht auf die Idee kam, Buzen die Bürgschaft zurückzuerstatten.

Zum Abendessen setzte ich mich auf Tones Schoß, und als Rehlein ins Zimmer trat und mich so sitzen sah, nahm sie auf übertrieben „natürliche" Weise überhaupt keine Notiz von meinem Rumgesitze auf Tones Knien, grad so, wie man bei einem Mohren eine übertriebene Art drauf hat, drüber hinwegzusehen, daß es ein Mohr ist.

„Ich sitz ja nur aus Höflichkeit hier!" sagte ich.

Der Tone hat sogar einen ganz kleinen, frischgebildeten Hautknödl auf der Stirn, und erwägt, ihn sich entfernen zu lassen. „Bald ist der ganze Mann abgetragen!" murmelte ich, da sich die meisten kränkelnden Erwachsenen ständig was entfernen lassen, um vermeintliche Bomben im Körper zu entschärfen.

Dienstag, 27. April

Sonnig – gradezu sommerlich

Rehlein schenkte Buzen Tee ein, und Buz zog seine Tasse geistesabwesend einfach weg, als sie ihm befüllt genug schien, weil er doch den Kaffeeautomaten in der Musikhochschule Trossingen gewöhnt ist.

Wir fuhren durch wunderhübsche Gegenden in Ostfriesland, die in prallem Frühlingsglanz dalagen. Z.B. inmitten blühender Wiesen mit gelben Blumen, und in Ostfriesland gibt es so viele Orte, von denen man noch nie etwas gehört hat, so daß ich mich frug, ob es wirklich stören würde, wenn nur Ostfriesland zu einem kleinen überschaubaren Planeten zusammengeballt wäre? Ob da überhaupt Engegefühle aufkämen?

Schließlich erreichten wir zur Mittagsstund´ den Ort „Rastede".

Die mit rosa Blüten geschmückte Stadt gefiel Buzen gut. Wir hatten einen Stapel Konzertplakate dabei, den wir uns teilten, um damit die Straße hinabzulaufen: Buz rechts und ich links, und bald verloren wir uns aus den Augen. An gelegentlich aufblitzenden Plakaten konnte man allerdings erkennen, wie tüchtig und mutig der süße Buz war.

Beim Plakatankleben schickte ich meine Gedanken zu Ute B. und ihrer kleinen Familie nach Rottweil und überlegte, daß es etwa 25 Jahre dauert, bis die Kinder keinen Blödsinn mehr machen? Wie viele Kübel an Schimpf- und Meckereien auf die Feli und ihre kleine Schwester wohl noch draufgeschwappt werden müssen, bis sie endlich so geworden sind, wie man sie haben will…

Im Radio hörten wir eine etwas stramme Wiedergabe in schlankem Tone vom letzten Satz des Violinkonzerts von Beethoven. Interpretiert von Hillary Hahn.

Mittwoch, 28. April

Zunächst wunderschön sonniglich. Dann lugubrierte sich der Himmel mit grauen wolkigen Staubwedeln

Dadurch, daß ich <u>glaube</u>, der Ingo glaubt, ich sei verknallt in ihn („Ich möchte schwören, daß ich DER nicht ganz egal bin!"), benehme ich mich immer sehr verlegen.
Der Ingo machte mir eine Offerte: Einen Geigensong im Stile von Vanessa Mae einzuspielen. (Race with the wind)
Freudig sagte ich zu.

Spaziergang mit Rehlein:
Wir schlenderten lediglich in Vorortgegenden herum, und überall heulten Rasenmäher. Rehlein war sehr gut gestimmt, und redete, wenn auch auf nette Weise über ihr Lieblingsthema: Was Buz im Leben wohl alles falsch gemacht habe, und daß sie früher durchaus Träume gehabt hätte, und sich so viel ausgedacht hat, wie man schöner wohnen könnte.
„Ich hab solche Träume nie!" sagte ich. „Mir reicht mein Mietshaus."

Daheim pinselte Rehlein an einem Ölgemälde einher, das Onkel Dölein und Tante Debbie zeigt.

Ich lachte: Wenn die Debbie wohl wüßte, daß im fernen Europa soeben an ihr herumgepinselt wird?

Und als ich zuende gelacht hatte, beplauderte ich das pinselnde Rehlein darüber, daß die Debbie heut den Literaturzirkel besucht. (Die „Wednesday-Class")

Die freundlichen Damen dort kennen die Debbie von solch einer entzückenden Seite, die Onkel Dölein als zu bebissgürnelndem* Ehemann wohl für immer verwehrt bleiben wird?

Wie unsereins die Rückseite des Mondes.

*Selten zu lesendes, weitestgehend ungebräuchliches Wort. Abgeleitet von „Bissgurn", wie man in den deutschen Südstaaten und Österreich zänkische Frauen zu bezeichnen pflegt. :

Zur Teestunde frug ich Rehlein ganz ungezwungen über Oralsex aus, weil man im ZDF soeben Präsident Clinton aufschimmern sah, und ihn mit seiner Nase, die immer so nach „schlechtem Gewissen" ausschaut, assoziiert man ja in erster Linie mit Oralsex. „Hast du auch schon mal Oralsex betrieben?" frug ich Rehlein unbekümmert wie eine Dreijährige, doch Rehlein konnte sich nicht an dererlei erinnern.

„Nicht daß ich wüsste," sagte Rehlein betont beiläufig. „Doch das Leben ist lang, und man kann sich ja nicht an alles erinnern!"

Donnerstag, 29. April

Sonnig

In Wittmund hängten wir unsere Plakate in die Läden, und nur in der Musikschule dürfen wir es leider nicht aufhängen, weil sonst die böse Frau Bisold einen Rappel bekommt, und das teure Plakat wieder herab reißt.

Buz traf seine ehemalige Schülerin Frauke W., die auf einem Fahrrad herbeifuhr, wahrscheinlich sehr gerne unentdeckt geblieben wäre, dann jedoch aus einer verkrampften Höflichkeit heraus anhielt und abstieg. Auf zögerlich gewundenen Weise druckste sie dahingehend herum, daß sie „vielleicht" in unser Konzert kommt, und nahm ein Plakat für die Praxis ihres Mannes mit, das uns hernach für´s Kreishaus gefehlt hat.

Der gutmütige Buz schenkte einem Qutschkommodenspieler am Wegesrand einen Silberling.

In Aurich begegneten wir unserer Freundin Christiane, die uns gleich zum Kaffee einlud. Und auch wenn die Christiane eine zweifache Mutter über dreißig ist, benimmt sie sich wie eine 15-jährige.

Ständig ist sie rasend in irgendjemanden verliebt, und kann diese glühenden Gefühlsverirrungen nicht verbergen, indem ihre Grundtemperierung von 37 C° (?) in der Aura des Angebeteten ansteigt wie eine Heizsonne, und sie sich glutrot einfärbt wie eine

Tomate, und eigentlich ist es ja beneidenswert, wenn man so leicht entflammbar ist.

Hauptsächlich lebt sie ihren Vergnügungen.

Ming telefonierte am Abend mit dem Friedel, der z.Zt. in Deutschland ist.

Der Friedel war müde und traurig, weil man sich mit dem Rainer – seinem Vater aus Kanada, der ebenfalls einen kurzen Abstecher nach Europa gemacht hatte – grad verpasst hat, und den Friedel martert der unschöne Gedanke, daß der Rainer seine Reise absichtlich so gelegt hat, daß man sich nicht begegnen müsse.

Der Rainer hat die Vergangenheit weitestgehend abgestreift, und möchte in der Gegenwart leben und das Leben genießen.

„Ja, es ist traurig!" pflichtete ich meinem Lieblingsvetter bei. Doch was will man machen?

Mit der Zeit wurde der Friedel wieder lustig, weil mir ein Schüttelreim eingefallen war.

Schmähe jetzt bitte den Lord nicht!
Wir stehen doch heute im „Nordlicht" *!

*Ostfriesisches Journälchen. Und darin war heut tatsächlich ein kleiner Artikel über uns erschienen

Freitag, 30. April

Sonnig

Am Morgen dachte ich über den Friedel nach:
Wie enttäuscht er darüber ist, daß der Rainer seine Europareise offenbar absichtlich so gelegt hat, daß er seinen Friedel nicht sehen muß!? Der Rainer macht sich das Leben leicht: Auf seine rainerliche Art denkt er: „Das war ein anderes Leben. Wir haben uns auseinandergelebt, und ein jeder lebt jetzt SEIN Leben!"

Durch die seelische Zermürbung, bzw. das „Warten" und schließlich der so schmerzlichen Erkenntnis, daß man dem Vater nichts bedeutet, hat der Friedel seine ganze Lebensfreude verloren, von der er doch so gehofft hatte, sie durch die Begegnung mit dem Vater wieder anzufeudeln!

Als ich mit dem Lindalein allein daheim war, kam ein Gast, mit dem man nicht gerechnet hatte: Herr Girardot, der zum 65. Geburtstag von Schwager Joachim nach Ostfriesland gereist war.

Der Besuch bei zwei jungen Damen machte Herrn Girardot nur verlegen, doch mich berührte das Wiedersehen in jenem Sinne, daß das doch ein alter Freund vom Opa sei!

Dies erzählte ich dem Lindalein hernach fast ergriffen, weil auf dieser alten Freundschaft so viel Patina liegt! Dadurch, daß seine Frau Violine spielt, so wie wir, verzweigte sich die alte Freundschaft sogar noch um eine Generation weiter, und fast hätte es auch noch zu einer dritten Verzweigung gelangt, da ich als Kind zuweilen mit den beiden Töchtern der Girardots gespielt habe. –

Später überlegte ich, daß Herr Girardot hauptsächlich aus jenem Grunde gekommen war, weil er gehofft hatte, Buz anzutreffen, dem er einen Kinnhaken verpassen wollte, weil Buz in jungen Jahren etwas mit *seiner* Frau angefangen hatte. (In der Violinstunde habe es gefunkt.) Zumindest schwirrt ein dahingehendes Gerücht durch die Lüfte.

Lebhaft erzählte ich all dies dem Lindalein, das einen ähnlichen Plauderschwung in mir auslöst, wie Rehlein.

Die Girardots seien bei der Ehetherapie gewesen, und der Therapeut habe gesagt: „Ich bestehe auf absolute Offenheit! Jeder bekennt jetzt seine Fehler!"

Herr Girardot begann: „Ich bin gemütsarm, nach Außen hin verschlossen, kühl, und wahrscheinlich sogar uninteressant!"

Frau Girardot wiederum bekannte, daß sie als junge Frau oftmals fremdging, um ihre erotischen Reize an anderen Männern zu erproben. Ihre vier Kinder seien größtenteils von anderen Männern gezeugt.

„DRUM hab ich für die eigentlich nie etwas anderes empfunden als Gleichmut!" dachte wiederum Herr Girardot.

Auf der Fahrt nach Varel sprach ich sehr interessant darüber, wie man die Komponisten wohl wirklich interpretieren müsse: Bei Beethoven seien alle Gefühle echt, und daher sei´s ein Unding, ihn raffiniert zu interpretieren. Natürlich gibt´s auch Komponisten, die man raffiniert spielen sollte. Beispielsweise Haydn, der bereits eine gewisse Weisheit mit auf die Welt gebracht hatte, und *über* den Dingen stand. Doch Beethoven sollte man in Etwa so spielen, als sei man ein dreijähriges Kind, das seine Gefühle noch zu 120 % in allen Schattierungen erfühlen kann. Zur Verdeutlichung sang ich die 5. Symphonie vor. Nach einer zärtlichen Stelle klingt´s übergangslos plötzlich zornig…

Mai 1999

Samstag, 1. Mai

Harsch und grau bewölkt. Abends klarte es zart auf.

Am morgen war ich eine ganze Weile lang frühlingsrollenartig im Bett verpackt. In jener Art, wie man sich vielleicht im Winter in Sapporo einrollt, um von der Kälte unbemerkt zu bleiben.

Eigenhändig knetete ich den Teig für einen Gugelhupf nach einem raffinierten Rezept von Wolfram Siebeck. Hie und da bat ich um Hilfe, da meine Finger völlig verklebt waren.

„Das ist doch kein Hefeteig!" stöhnte Rehlein als Klüg- und Erfahrenere, und stäubte Unmengen an Mehl nach.

Zwar war der Kuchen für Buz gedacht, doch Buz feierte seinen 61. Geburtstag inmitten seiner Jünger in Trossingen. Doch wir aßen ihn auf *sein* Wohl.

Sonntag, 2. Mai

Bewölkt

Hallo Deutschland:
Gesendet wurde ein Beitrag über Königin Juliana, die dieser Tage neunzig wird. Einmal habe sie mitanhören müssen, wie zwei Herren hinter ihr über ihre doch sehr „kräftigen" Beine tuschelten. Da habe

sie sich umgedreht und gesagt: „Meine Herren! Auf diesen Beinen ruht Oranien!"

Rehlein bestand darauf, daß ich unter mein rotebeetefarbenes Kleid ein orangegetöntes, wärmendes Baghwahnjünger-Hemd vom Ric anziehe, und als ich dann mit Ming & Linda Richtung Leer im Auto saß, sprach ich davon, daß ich es spüren würde, ein Hemd vom Ric zu tragen.

Ich philosophierte darüber, was es bedeute, Kleidungsstücke von Leuten zu tragen, die einem teuer sind, und erzählte die Geschichte von Tolstoi:

„Ein Zar lag schwer krank danieder und versprach: "Die Hälfte meines Reiches will ich dem geben, der mich wieder gesund macht!" Da versammelten sich alle Weisen des Landes und beratschlagten, wie sie den Zaren heilen könnten. Aber niemand wußte Rat.... „Er müsste das Hemd eines glücklichen Menschen tragen!"

Nach dem Konzert in Leer:
Rehlein sagte direkt ein wenig versnobt: „Die Leute glauben natürlich alle, der Sarasate sei das Schwierigste gewesen!"
Und dabei stimmt das doch genau.
„Die erste Zeile in den Zigeunerweisen ist schwieriger als alle zehn Beethoven-Sonaten zusammen!" erläuterte ich Rehlein.

Montag, 3. Mai

Wunderschön

In der Musikschule war unser schönes Dornumer Plakat bereits hinweggerupft, weil es der Musikschulleiter keine Sekunde länger als nötig duldet, und dort, wo es vormals gehangen war, sah man nun eine kleine ungenutzte Kahlfläche.

Ich ärgerte mich über den Apotheker in der Rosenapotheke:
Er, dem ich doch ein Plakat anvertraut habe, hat Selbiges noch immer nicht aufgehängt, und dann sagte er arrogäntlich-gönnerhaft etwas solcherart, daß das schon noch käme, und daß nicht alles auf einmal ginge. Er habe durchaus noch wichtigere Dinge im Kopf.
Ist ihm die Kultur denn so unwichtig?

Dienstag, 4. Mai

Sonnig, mit vereinzelten Wolkenbänken

Ich schlief auf meinem rechten Arm, der unter der Last meines Hauptes vollkommen ertaubte, und ich den Wecker im Falle eines jähen Aufschrillens schon nicht mehr hätte bedienen können.
Geträumt hatte ich, *daß ich ein Werk von Peter Barcaba spielte, und davon tat mir der Arm immer noch*

weher, als ich eine Stelle ganz interpretatorisch spielte. D.h. ich als Interpretierende täuschte Gefühlwallungen vor.

Ming war heut so krittelig gestimmt, wie ein unbequemes Familienoberhaupt, bei dem´s einen am meisten freut, wenn´s nicht zuhause ist.

Am Nachmittag rief der Onkel Andi an, da sich nun, wo Rehleins kaputter Computer leider nicht mehr genutzt werden kann, und die E-Mail-Flut aus Aurich versiegt ist, die ersten Sorgolanten melden.

Nach dem Konzert in Esens:
Wir lernten eine Dame kennen, die uns drei CDs extra abkaufte. Es habe ihr gut gefallen, obwohl sie kein Geigenfän ist, wie sie gleich unumwunden zugab, und heute habe sie sich sogar überwinden müssen, ins Konzert zu gehen, doch bereut habe sie es nicht.
Die rosige Dame mit der blonden Richter-perückenfrisur drohte gar, sich mit Ming festzu-schwatzen, und man mußte doch an den müden Hausmeister denken, der bereits hilflos mit den Schlüsseln klapperte!

Auf der Heimfahrt redete Ming darüber, wie man Bach interpretieren müsse, und erzählte plastisch, wie der Herwig mal mit Fleiß nicht auf seine Worte hörte, und stattdessen intensiv und in sich verkapselt in Mings Lehren und Weisheiten hineinspielte.

Mittwoch, 5. Mai

Stickigstes Sonnenwetter.
Hie und da mit grauen Wolkenüberzügen

Am Morgen schauten wir den schönen Film über den Sommer 1936 weiter.
Ich bildete mir ein, dies sei die Geschichte von meinem Vetter Gerhard:
Sie handelt von einem Jüngling, der in die Fänge einer liebestollen Frau, Mitte dreißig geriet, und seinen Lieben daheim in einem Brief vorschwindelte, daß er eine gut bezahlte Stellung angenommen habe, und dem Brief zum „Beweis" einen hundert Mark-Schein beigelegt hatte.
Ein elektrisierendes Sujet.

Ming hatte ein Plakat in seine ehemalige Schule gebracht, und die Sekretärin habe gar nicht bemerkt, daß Ming selber auf dem Plakat abgebildet war.
Stattdessen schwärmte sie ihm vor, daß sie den brühmten Iwan König sogar persönlich gekannt, und ihm einst eigenhändig das Abiturzeugnis ausgehändigt habe!
(Und dabei hat Ming bislang noch gar kein Abitur!)

In der Rosenapotheke faßte ich mir ein Herz und forderte unser Plakat zurück, weil ich mich nicht jedes Mal von neuem darüber ärgern möchte, daß es immer noch nicht hängt. Ich hatte mir meiner Schüchternheit gemäß schon so viel zurechtgelegt,

was ich ihm sagen wollte. Z.B.: "Ich glaube nicht mehr daran!"
Der scheinheilige Apotheker sagte süffisant:
„Ich habe grad Wichtigeres zu denken!"
(Im Grunde eine Unverschämtheit!)
Ich aber rollte mein Plakat zusammen und brachte es in den Rosenhof zu den Moribunden, wo ich natürlich auch nicht weiß, ob´s aufgehängt wird, aber wenigstens muß ich mich nicht mehr über den Apotheker ärgern, dessen Freundlichkeit nur aufgesetzt ist, und der einem so überdeutlich vor Augen führt, wie wurst man ihm im Grunde ist.

In der Zeitung las man, daß Boris Beckers Vater Karl-Heinz gestorben sei.

Daheim erlebte ich eine ungeheure Überraschung: Beate & Jesse waren als Überraschungsgäste eingetroffen!
Das Beätlein erzählte, daß sie sich gewundert habe, daß keine E-Mails mehr kamen, und am Telefon meldete sich immer nur eine Familie Bircher!
Ich malte uns ein unglaubliches Szenarium aus: Wie Beate und Jesse in die Graf-Enno-Straße Nr. 23 kommen, und da wohnt tatsächlich nur eine Familie Bircher, und der Mann sagt: „Nej! Wir wouhnen hier in diesem Haus seit 1956. Seit dem Ungarn-Aufstand."

Ich spürte mein Wörkoholikertum in Form von Nadeln im Po, und machte erst nach elf Uhr Feierabend.

Abends - der Jesse hatte sich bereits zum Schlafen retiriert - sprachen wir über die Lebenserwartung Einzelner. Da hörte man oben einen dumpfen Aufprall, und mir schoss der Gedanke in den Kopf, was das jetzt wohl für eine Ironie des Schicksals wäre, wenn der Jesse sich grad in dem Moment erschossen hätt, während unten über seine Lebenserwartung orakelt wurde.

Donnerstag, 6. Mai

Dicht und grau bewölkt

Für den Onkel Jesse dachte ich mir eine Lustigkeit aus:
Daß morgen vor dem Konzert in Driever verkündet werden soll:
„Wir begrüßen einen ganz besonderen Gast: Bill Clinton!"
Und wie dieser Passus ein wildes Kopfgebiege auslösen wird.
Überhaupt müssen die Besucher aus Übersee doch denken, daß hier ziemlich viel über Bill Clinton und seine moralischen Entgleisungen herumpsychologisiert wird, denn beim Frühstück brachte ich die Rede sogar auf Ohralsex, mit „h" geschrieben. Es

begann damit, daß Buz Rehleins Ohr beknabberte und bebusselte. Dafür müsse es doch wohl auch eine Bezeichnung geben?

Und wie das wohl einschlüge, wenn der Clinton plötzlich einwendet, das Ganze wäre ein großes Mißverständnis gewesen. Nicht Oral-, sondern bloß Ohralsex habe er mit Monika Lewinsky betrieben – d.h. ein wenig am Ohr rumgeknabbert, was ja nicht weiter verwerflich ist.

Im *Spiegel* stand eine Geschichte über eine Bekannte der Clintons zu lesen, die ins Gefängnis gesperrt wurde, weil sie bei einem Gerichtsverfahren eine Falschaussage getätigt hatte.

Die lebensfrohe Frau machte das Beste daraus, und freute sich schon drauf, endlich jene Bücher zu lesen, die sie schon immer mal lesen wollte.

Doch im Gefängnis war „nur" die Bibel gestattet.

Manche Leute aber verlieren nie ihre Fröhlichkeit, und inzwischen vermisst sie das Gefängnis manchmal.

Am Nachmittag schlief ich wieder eine dreiviertel Stunde lang in meinem Bett, war hernach ganz benommen, und mußte mich erst wieder an den rauhen Alltag gewöhnen.

Im Treppenhaus sagte ich zur Tante Bea, daß ich derothalben geschlafen hätte, weil Rehlein es mir befohlen habe.

Die Bea lacht stets ungläubig über dererlei, daß eine 36-jährige sich noch etwas von ihrer Mutter befehlen lässt, doch ich bekräftigte es noch, indem ich sagte, daß ich die klare pädagogische Linie bevorzuge. Rehlein gibt immer klare Anweisungen, die man gerne befolgt, und duldet keine Widerworte.

Freitag, 7. Mai

Grau

Ich schrieb der Omi über die Familie Bircher:
Wie die Bea am Hause geklingelt und gesagt habe, daß hier doch ihre Schwester Erika mit Familie lebe!

Was Herr Bircher geantwortet hat, steht an anderer Stelle dieses Buches bereits – nämlich, daß man seit 1956 hier lebe. „Tut uns leid!"

„Das sagen die Erwachsenen öfters, auch, wenn ihnen überhaupt nichts leid tut", schrieb ich mich für die Omi ein wenig in Glut, „darüber habe ich mich schon so oft geärgert, und nun muß ich mich zu solch früher Morgenstund´ auch schon über Herrn Bircher ärgern!"

Rehlein schraubte die Augen heraus, um lustig auszuschauen, weil sie sich so viel Gutes vorgenommen hat. Bloß wirkt Rehleins Humor neben dem von der quirligen Beate fast ein wenig wie Kneipphumor.

Buz wiederum wirkte ein bißchen nachdenklich, solcherart, als würde er sich fragen, wie es wohl komme, daß er sich immer nur in hochkomplizierte Frauen verliebt??

„Warum nicht mal in eine rheinische Frohnatur, die jeden Spaß mitmacht??"

(Mag Buz gedacht haben.)

Samstag, 8. Mai

Dichte bräunlich-graue Bewölkung

Der Friedel war zu Besuch gekommen, und saß am Morgen an meinem Bett.

Der Abstand zwischen Friedels Schulterblatt und meiner Milchbunkerspitze, der normalerweise an die zehntausend Meilen beträgt, betrug heut nur zwei Hand breit.

Beim Frühstück sprachen wir darüber, daß der Friedel davon abrät, sich Sorgen zu machen.

Friedel: „Das bringt dir nichts!"

Eine knallharte Logik, quer an den biologischen Gesetzmäßigkeiten vorbei. Ein realitätsferner Ratschlag, den Rehlein als Mutter nicht so recht nachzuvollziehen vermochte. Die Tante Bea mit ihrer amerikanischen Sichtweise der Dinge wiederum, schloss sich Friedels These an, und tatsächlich wurde uns plötzlich klar, daß wir uns gerade überhaupt keine Sorgen um Jenni- und Rifflein machten, auch wenn das Rifflein in Santa Cruz womöglich grade in eine Messerstecherei verwickelt ist, und das Jennilein mit dem Eric einen solch erbitterten Zwist führt, daß sie von den Schwiegerleuten kurzerhand aus dem Hause geworfen wird.

Hernach läuft sie mit ihrem kleinen Rucksäcklein die Landstraße entlang, und wird von einem schmierigen Typen angebaggert, der sie an einen Bordellring verkaufen möchte, erzählte ich der Bea plastisch.

Sonntag, 9. Mai

Grau und verquollen.
Am Abend zärtlich schön und sommerlich

Ich griff in meine Anekdötchen- und Fabulierungstruhe und erzählte bzw. fabulierte allerlei zusammen:

Wie ich im Zug sitze, und das Wort an meinen Nebensitzer richte:

„Verzeihen Sie: Ich bin Geigerin und muß heute abend konzertieren. Darf ich ein wenig auf ihrem Arm proben?" Ich schaue in ein entgeistertes Gesicht, fackele jedoch nicht lange, packe den schlapp an der Schulter ehrabhängenden Arm dieses Jemandn und positioniere ihn von der Armbeuge ab unter meinem Halse, und nutze die untere Armeshälfte als imaginäre Violine. Ich setze energisch die Finger auf und ab, vibriere und summe, und der arme Herr kann seinen Schmöker nicht mehr weiterlesen, weil sein Arm usurpiert ist. Nach zehn Minuten frägt er: „Spielen Sie noch lang?"

„Ich stecke erst im ersten Satz!" sage ich leicht konsterniert über so viel Unbildung.

Nach weiteren fünf Minuten sagt der Herr: „Ich würde jetzt aber doch sehr gerne weiterlesen!" und ich wiederum sage divenhaft: „Darauf kann ich jetzt wirklich keine Rücksicht nehmen!"

Am Nachmittag verabschiedeten sich Bea & Jesse für die nächsten Jahre.
Nachtrag 2021: Nein! Für immer. Sie kehrten nie wieder

Das Dumme ist:

Wenn man zu Ming, oder zur Tante Bea sagt: „Bitte bleib!" könnte man diese Worte ebenso gut unausgesprochen lassen, da sie keinerlei Nutzen nach sich ziehen. Man weiß dies schon im voraus, und bringt diese Worte somit gar nicht erst an.

Ich malte mir aus, wie schön es wäre, wenn ich sagen würde: „Bitte bleib!" und die Tante sagt überraschend: „Na gut!" und bleibt tatsächlich – für immer!

Montag, 10. Mai

Grünlich schwärzliche Beleuchtung
mit verheißungsvollen Himmelsrändern,
in überirdischen Farbtönen.
Und dann prasselte ein Duschregen nieder

Heut sollte jene Aufnahme in Bremen stattfinden, der ich zunächst mit Gleichmut, heute aber freudig entgegensah: Ingos Hits aufzunehmen.

Christoph und Ingo erschienen zur Quartettprobe, an deren Ende meine Reise nach Bremen angeheftet werden sollte.

Ich übte den Hit mit den steilen Dreiklangsbrechungen, und radelte hernach zum Fotoshop.

Im Laden gab sich ein weißhaariger Senior ganz ungehalten, weil seine schönen Tulpenfotos, wofür er extra nach Holland gereist war, einen Rotstich bekommen haben.

„Das ist ne Schweinerei!" schäumte er das Fräulein an, und mich wehte ein ähnliches Gefühl an, wie wenn der Opa plötzlich jemandem gegenüber ungemütlich wird.

Fahrt nach Bremen:
Der Ingo erzählte mir, daß seine Freundin Andrea ihn nicht mehr liebe. Dennoch fahren sie zuweilen gemeinsam in Urlaub. Kinder möchte der Ingo keine haben, denn sie würden sein Lebenskonzept aus dem Lot hebeln.

Im Sommer tingelt er als Straßenmusikant gemütlich durch Frankreich, Spanien und Italien.

In einem Dorf mit dem märchenhaften Namen Jeddeloh hielten wir vor einem Privathaus an. Ich sagte: „Ingo, es erfüllt mich immer mit großer Verlegenheit, wenn ich gleich jemandem gegenüberstehe, den ich noch nie gesehen habe!"

Der maulkorbbärtige Herr, der uns die Türe öffnete, ignorierte Ingos salopp dahingeworfenen Gruß auf beklemmende Weise, weil's ihm sauer kam, daß sich der Ingo schon wieder um 14 Minuten verspätet hatte.

Mich begrüßte er unverbindlich, und unsere Aufnahme fand in einem Tonstudio statt.

Ich fühlte mich wie die Daisy aus dem Sketsch von Gerhard Polt. (Ein Schlagerstar, der groß herausgebracht werden soll.) („...und dann kamst duuuu, nur duuuu"), als ich Ingos Hit „Race with the wind" aufnahm.

Der Aufnahmeleiter hieß Olaf – so, wie der Sägemörder, - hatte eine sägende Stimme und eine rauhe Schale.

In der Pause lernte ich seine versüppelte, suppenhühnchenartige Ehefrau Barbara kennen.

Eine zierliche, unzufrieden wirkende Frau mit hennarotgefärbtem Haar. Von jener Sorte, der man zwar die Hand gibt, dann aber im Rest des Lebens nie wieder ein Wort wechseln wird, sich selber in ihren Augen als jene Pest oder Kotzbaggage spiegelnd, die immer um ihren Mann, diesen

Scheißtypen, der nie Zeit für die Familie hat, herum scharwenzelt.

Zwischen den Eheleuten entbrannte ein verdeckter, dem Kenner aber besonders gehässig scheinender Zwist über das gekaufte Brot bzw. darüber, daß doch der Herr schon Brot gebacken habe!

Der Mann sprach zwar offiziell mit seiner Frau, aber in Wirklichkeit war's ein Theatermonolog für die Ohren vom Ingo, der zum Inhalt hatte, daß seine Frau eine blöde Ziege sei! Rummeckern – das kannse gut, und im Bett sei sie zwar eine Granate – aber ansonsten taugt sie nichts.

Die Kinder Lennart und Annika, so zirka fünf und sechs Jahre alt, lernte ich auch kennen, und so kurz nach sieben Uhr staken sie bereits im Schlafanzug, und die Eltern strahlten schon wieder jenen Stress aus, daß jetzt endlich ins Bett gegangen werden soll!

Und so, wie manch ein Mensch mitten aus dem Leben gerissen wird, so wurden die Kinder einfach mitten aus dem Tage gerissen, wo man doch noch so viel vorgehabt hätte.

Ein kleines Wunder erhellte unseren Abend:
5000 Mark hat uns ein Unbekannter geschenkt. Das Geld war in unseren grünen Tournéeplan eingeschlagen, und darauf hatte der Unbekannte so nett geschrieben: Wunderbar – unvergesslich!
So erhellte eine Riesenfreude unser Familienleben.

Dienstag, 11. Mai

Z.T. regnerisch, doch hin und wieder auch blauer Himmel

Den Brief an die Omi kadenzierte ich mit sehr warmen Worten ab, und das Kuvert gestaltete ich ungeachtet Omis Blindheit genau so schön wie alle anderen Kuverte auch. Vielleicht ist's ja Buz selber, der ihr den Brief vorlesen muß?

„Hallo Deutschland":
Ein 21-jähriger Eiskunstläufer hat sich erschossen (Liebesgram), und die trockene SED-Trainerin Brigitte Zeller sagte auf sächsisch: „Wir sind gonz betrübt!" und dann gelang ihr noch ein unfreiwilliger Schüttelreim: „Wir dachten olle, dös wär eine heile Welt, die ooch noch eine Weile hält!"

Zum Frühstück erzählte ich die Geschichte von jenem fleißigen Herrn, der sich vom Rübezahl Geld borgte. Doch als er das Geld zurückbringen wollte, wirbelte auf einmal ein Zettel durch die Lüfte: Sein alter Schuldschein.
„Bezahlt!" stand da zu lesen.
Obwohl ich mich oft über meine drohende Gefühlsverrohung gräme, tendiere ich dazu, bei Rübezahlgeschichten Tränen der Rührung in die Augen zu bekommen.

Buz befand sich auf dem Sprung nach Emden, und ärgerte sich leicht über einen Lippenstiftfleck (angeblich von mir) auf seinem Hemdkragen herum.

„Du kannst ja sagen, es sei ein Marmeladenfleck!" riet ich, da man sich in Emden sicherlich Gedanken darüber machen wird?

Aber Rehlein hat Buzen den Hemdkragen nett mit Benzin poliert, auch auf die Gefahr hin, daß unser Familienoberhaupt explodiert, wenn jemand eine brennende Zigarette aus dem Auto schmeisst.

In der Musikschule hatte der Musikschulleiter nun auch das Plakat vom Auricher Konzert hinweggerupft, und wahrscheinlich hatte er sogar bei sich gedacht: „Mir wird schlecht!"

Ich stellte mir die ungeheure Intensität der Magnetwellen vor, die sich zwischen uns stemmen könnten, wenn ich ihn mit sachlich vorgetragenen Worten zur Rede stellen würde: „Lieber Herr! WAARUM haben Sie unser Plakat schon wieder abgezupft??"

Ich unterrichtete die 17-jährige Maike W., und es entspann sich ein Unterricht, so reichhaltig wie Früchtebrot: Binnen kürzester Zeit versuchte ich Haltung, schwungvolle Striche am Steg, Vibrato und allerlei auf Weltklasseform anzukurbeln (vergebens).

Nach zwanzig Minuten lief Maike W. rosa an, bündelte eine Mutwelle, die ihre Schüchternheit überspülen sollte und sagte: „Ich hoffe, Sie sind nicht böse – aber ich muß heute etwas zeitiger lous!!"

Am Teetisch erzählte ich etwas Persönliches von mir, doch keiner hörte auf mich, obwohl ich innerhalb der Erzählung mehrfach die Rede darauf schwenkte, daß keiner herhört und lacht, und dies bei einer Geschichte, die ich doch so lustig finde:

Daß ich zwar äußerst sittsam, um nicht zu sagen <u>prüde</u> bin, doch andererseits mache es mir gar nichts aus, mich abends, wenn ich zur Nacht in mein Nachtgewand steige, am Fenster vor der gesamten Nachbarschaft zu entblößen, weil die Leute, die mich da sehen, ja nicht *wissen*, daß ich prüde bin!

Abends machte mir das Üben mit Tonband an der zweiten Ysaye Sonate richtig Spaß. Ich stellte mir vor, wie Sachar Bron als beistehender Pädagoge künstlerisch rumgrölend und unerbiiiiitlich an dem Werk herumpoliert, und versetzte mich dazu in seine Schülerschar hinein: Lauter ehrgeizige junge Leute, die die Welt das Fürchten lehren wollen! Mit kleinen Pausen durchsiebt üben sie den ganzen Tag lang unter unerbittlich donnernden Worten, und wenn sie nach der Knochenarbeit todmüde ins Bett steigen, dürfen sie noch eine halbe Stunde lang lesen und dann ist schon wieder ein Tag um, und man ist 24 Stunden näher ans Seniorentum, und die damit verbundene langsame Einmündung in den Sarg katapultiert...

Mittwoch, 12. Mai

Hie und da aufgebrachter Duschregen

Buz machte seine Hausaufgaben: Die Menüplanung für den „Musikalischen Sommer".

Ich strich ihm liebevoll über das Haupt, und hernach hopste ich vergnügt neben dem übenden Ming, dessen kraftvoll erfüllendes Klavierspiel unser ganzes Haus zu durchdröhnen pflegt, auf und ab, und erzählte von meinen Plänen, in Zukunft jeden Tag *einen* Aspekt im Haushalt zu erledigen.

„In einem Monat hat man dann 31 Aspekte im Haushalt erledigt!" rief ich freudig in der Art eines Jemanden, der zum ersten Mal im Leben eine Milchmädchenrechnung aufgestellt hat.

Heute kam ich erst nach dem Mittagessen zum Üben, weil ich vorher so viel Anderes tat. Alle taten irgendwie was, und im Haus herrschte eine nervöse Bienenstockatmosphäre.

Z.B. saß ich am Computer und schrieb eine kleine Pressenotiz für meine Soloprogramme herum.

Manchmal wurde ich von Frische und Schwung erfasst, weil ich mir lustige Dinge ausdachte: z.B., daß die Bach Sonaten oftmals einseitig barsch interpretiert würden, und daß viele Interpreten versuchen, mit Temperamentsgebolze und geschicktem Interpretengehabe über eine relative Gefühlsbeschnittenheit hinwegzutäuschen.

In der „Brigitte" las ich darüber, wie es kommen kann, daß man sich verliebt, und dann ist es doch nicht der Richtige! In flapsig modernem Tonfall stand da zu lesen: Nina war sich sicher: Diesmal ist es Mr. Right ← (Albern ausgedrückt, wie ich finde), und dann hat er das dottrige Ei zum Frühstück so ekelhaft sabbernd gegessen, daß Ninas Gefühle davon wieder erkaltet sind. (Dann heizt er sie wieder auf, und es ging weiter….) ← doch dies schrieb die „Brigitte" nicht mehr. Die Geschichte blieb einfach hinter Ninas erkalteten Gefühlen stehen. Batsch! Aus! Sie erkalteten so, wie einst meine, als Herr Bloser zu Jewgenij Kissins steif-buchstabierenden Klaviergedresche so ehrfurchtsvoll die Luft durch die Nüstern sog. (Eine Kleinigkeit – gewiss! Doch so kam´s.)

Beim abendlichen Üben dämmerte draußen ein eher grauer Tag mit leichten Rissen in der Wolkendecke zart vor sich hin. Ich fühlte mich einsam und traurig.

Zum Üben stellte ich mir Ming & Linda in Paris vor. Wie sie sich den ganzen Tag mit Liebesgesäusl wie beispielsweise „S´Schatz!" und "Knats" bewerfen, und wie in dieser Atmosphäre des Bemühens kein Platz für mich wäre.

Außerdem hatte ich große Angst, meine Eltern, die ich so innig liebe, könnten sterben, weil sie ja leider auch nicht mehr ganz jung sind.

Das Abendessen war ebenfalls eher traurig für mich: Man sprach darüber, wie Ming und Linda gleich am Sonntag nach Paris aufbrechen wollen – es somit keinen Tag länger als nötig bei uns aushalten.

Ständig plusterten die jungen Leute die Lippen zu einem Luftbussi über die Tafel hinweg, und einmal machte Ming sogar hündchenhaft „pf pf" in die Luft, grad so, wie Anna V. beim Yossi.

Die Anna hatte sich stets auf rührende Weise Mühe gegeben, Yossis neurotische Verstimmungen auf diese so freundliche Art zu vertreiben.

Donnerstag, 13. Mai

Zunächst schubweise Regen.
Über die Mittagsstund graue, dahinziehende Wolken.
In Carolinensiel schien zart die Sonn´

Uns geht´s jetzt so, wie der Familie Thoma in Bayern vor hundert Jahren: Als die schöne Cora in vierzig Tagen wieder nach Indien zurückreisen mußte.
Quelle: Ludwig Thoma: Lausbubengeschichten

Ich frug mich, ob das Lindalein am Ende gar die Neigung von ihrem Vater Ric geerbt habe, immer auf der Suche nach sich selbst zu sein, und sich einfach nie zu finden? Manchmal fühlt man sich wie ein Puzzelstück, das man zwar theoretisch ins Gebilde hineinpressen könnte, aber im Grunde weiß man: „Es passt nicht wirklich, und schon gar nicht genau!"

Zur Zeit trage ich manchmal Ric's orangefarbenes Bhagwanhemd, und manchmal scherze ich, daß ich darin gleich das Gefühl bekomme, ich müsse mich finden.

Konzert in Carolinensiel:

Ich regte an, daß Buz unser Konzert doch dirigieren könne – denn so was habe es praktisch noch nie gegeben: Einen Violinabend mit Dirigenten!

Zuvor könne man auch noch eine kleine Rede ans Publikum richten: „In diesem Konzert erleben sie zwei Novitäten: Erstens spielt Iwan König auf einem Klavier statt auf einem Flügel, um dem intimen Charakter der Werke näher zu kommen, und zweitens findet das Konzert mit Dirigenten statt. Prof. Lamberti* hat sich bereit erklärt…

*Manchmal nennen wir Buz spaßeshalber „Prof. Lamberti". Dies kam so: Im vergangenen Jahr spielte das Lamberti-Quartett in der A´Lasco Bibliothek in Emden.
Der Redner hatte sich leider nicht sehr gut vorbereitet, und sagte: „Die Musik wird…..(hier an dieser Stelle versiegte ihm sein kümmerliches Wissen jäh, so daß er in blinder Panik folgenden unqualifizierten Passus nachschob: „Prof. Lamberti besorgen!"

Freitag, 14. Mai

Zur Mittagsstund´ ein Duschregen,
so daß es an den Fenstern ausschaute
wie in der Autowaschanlage.
Ansonsten graumelierte,
vorbeiziehende Wolkengebilde

Beim Üben dachte ich über Ming nach:
Wie er jetzt leider grämlich geworden ist, weil die Linda bald nach Amerika zurückzieht, und wie er bestrebt ist, sich von der Familie zu lösen, und wie er den Onkel Jesse so toll findet, daß wir ihm dagegen klein und unbedeutend scheinen.
Ming möchte am liebsten ständig über das Thema „Organisation" reden, oder verknatschte Psychologate über die Verwandten abhalten, und ich seh´s schon kommen, wie er der Linda hündchenhaft nach Amerika folgt, und wie die Linda dann in ein, zwei Jahren einen Anderen heiratet.
(Einen Älteren, wie den Prof. Kebap)

Ich freue mich immer, wenn man beim Blick aus dem Fenster auf der Graf-Enno-Straße etwas sehen kann. Irgendein unerwartetes Vorkömmnis beispielsweise, das die Aufmerksamkeit auf sich zieht.
Im Prinzip ist´s zwar immer dasselbe, doch ganz identisch sind die Bilder nie, da sich alles nach dem Zufallsprinzip abspielt.

Rehlein erzählte mir, daß Ming sich große Sorgen mache, ich könne, wenn ich hierbliebe, so werden wie Buz. Da wurde ich leicht sauer auf Ming. Doch ich war ohnehin schon sauer auf ihn, so daß die zusätzliche Säure nicht mehr groß ins Gewicht fiel.

Ich mach mir auch Sorgen, daß Ming vielleicht so wird wie der Onkel Eberhard („Mein Uschilein!")

Abendessen mit Birgit P. im Hafenlokal:

Rehlein erzählte lustvoll, wie ihrem Kollegen Herrn Rüther um Haaresbreite ein Bein amputiert worden wäre. (Tabakbedingte Durchblutungsstörungen). Eine Erzählung, die angesichts von Birgits Qualmerei nicht sehr taktvoll war. Es sei denn, man sähe es in einem pädagogischen Licht.

Ich schlug vor, daß man als junger (noch) gesunder Raucher ein Spital aufsuchen könne um zu sagen, man möchte sein Bein jetzt schon abgenommen kriegen, damit man dies saure Kapitel abhaken könne.

Ein Klempner-Schüttling:

Sie sagte, daß sie im verstopften Klo der viele Kot lähme,

sie hoffe bloß, daß all dies bald ins Lot käme.

Samstag, 15. Mai

Zunächst grau verquollen. Ab Nachmittag sonnig, und dann glanzvoll getönt wie in Amerika!

Ming stimmte den Flügel. Ich durfte den schweren Flügeldeckel halten, und staunte dabei, was Ming bloß für ein Vertrauen in mich hat: Hätte ich den Deckel losgelassen, so wäre Ming geköpft worden, und die Zeitungen hätten wieder eine kleine Notiz!

Mit der geplanten Reise nach Paris wird es langsam ernst: Linda und Ming werden bei den Girardots logieren, und ausgerechnet heut am Samstag verkündete Ming, daß er ein Gastgeschenk für die Eheleute beschaffen wolle. Ich lachte über die Idee, Ming könne Herrn Girardot als Gastgeschenk eine der drei Flaschen Wein mitbringen, die ja wiederum Herr Girardot *uns* neulich gebracht hat.

Das Lindalein übte Kreislers „Liebesleid" auf der Violine, und ich erzählte, daß dieses Werk von mir einst als zu schwierig empfunden worden war, so daß ich es bald wieder beiseite gelegt habe.

Dadurch, daß ich in Musikerkreisen aufwuchs, bekam ich oft hautnah mit, wie man über Andere zu sagen pflegte, die spielen langweilig. Und die langweilig Spielenden taten mir sooo leid! So emsig geübt, und dann Worte dieser Art von berufenen Lippen!

Damals dachte ich mir meinen Teil: Lieber sterben, als daß man über mich sagte, ich spiele langweilig, und so überlegte ich, daß man ein Werk höchst hochgeistig interpretieren müsse – so wie Gidon Kremer. (Mindestens)

Der Herr mit dem Maulkorbbart, den ich so gerne hab, weil er so unschlüssig, und dabei doch so diensteifrig und zupackungsfreudig wirkt, schnitt die Hecken.

Wir fuhren nach Papenburg und sprachen über Herrn Girardot: Wie er mal Angst vorm Alleinsein hatte und selig war, daß Buz & Rehlein ihn 14 Tage lang in Paris besuchten. In dieser Zeit sorgte er wie eine Mutter für die Beiden, und einmal sahen sie sich gemeinsam einen Pornofilm an: „Im Reich der Sinne" von Nagisa Oshima, einem Regisseur, der es meisterhaft verstand Pornografie zu höchster Kunst zu verarbeiten. „Herr Girardot liebt Pornofilme!" erklärte ich wertungsfrei, „und einmal hat ihn seine Frau sogar dabei erwischt, wie er einen Pornofilm in Zeitlupe mit der Lupe anschaute! Hernach war die eheliche Harmonie mal wieder Tage lang im Arsch!"

Sonntag, 16. Mai

Grau verquollen mit Sonneneinschlag –
am Abend wurde es sehr schön

Meine Müdigkeit hat eine neue Dimension erlangt: Nach dem Aufstieg war ich noch eine ganze Weile lang benommen, mich fühlend wie der Opa: Die Welt wirkt wie verschleiert und verschliert, und man möchte in eine wattig weiche Wolke versinken und verschwinden, so als habe es einen nie gegeben.

Als ich noch im Bett lag, hatte ich zuweilen sogar das Gefühl, die Seele habe den Körper bereits vollkommen verlassen.

Heute nahmen wir vielleicht das letzte gemeinsame Frühstück mit dem süßen Lindalein in diesem Jahrtausend ein?

Das Lindalein saß ganz eng an mich geschmiegt, und busselte, vom Abschiedsschmerz angesengt, zart auf mich ein.

Hernach begaben sich Ming und Lindalein auf ihre Abschiedsreise nach Paris.

Rehlein und ich empfanden den Abschied vom Lindalein als äußerst schmerzlich.

Als Rehlein vor mir ins Haus lief, hat man an ihrer Art, sich *nicht* umzudrehen genau gemerkt, wie meine liebe, liebe gefühlvolle Mama mit den Tränen rang.

Zur postkonzertalen Deprimanz gesellte sich die ungewohnte Leere in unserem Haus.

Man spürte Rehleins daltonhafte Neigung, sich in Unwichtigkeiten zu verzetteln.

Kummer hatte Rehlein auch, weil sie sich ein wenig von der Beate beleidigt fühlte. Weil das

Beätchen so gönnerhaft auf Rehleins *scheinbarer* Unordnung herumgeritten war.

Beätchen leise, und doch klangvoll, auch für Außenstehende kaum zu überhören hinter vorgehaltener Hand zu Rehlein: „Das ist ein ziemlicher Saustall hier!"

Dabei hatte Rehlein heut sogar unserem Vetter Chris, den man seit 26 Jahren nicht mehr gesehen hat zum Geburtstag geemailt.

Um Rehlein wieder aufzumuntern erzählte ich, daß es Anderen auch nicht besser ginge: Die arme Veronika z.B. habe keine Freunde, sondern bloß „die Hand zum Gruße winkelnde, flüchtige Bekannte", während Rehlein von ganz vielen Leuten glühend geliebt wird.

Montag, 17. Mai

Sonnig schön

Heute hatte ich einen so ärgerlichen Traum, der ganz schön an meiner Substanz zerrte, da ich gemeint habe, mich in der Realität zu befinden:
Uns besuchte ein stämmiger Mohr mit einem breiten Lachen. Ein Herr, den ich kaum kannte. Ich hatte ihn lediglich einmal im Vorübergehen gesehen, und er tat so, als sei er ein Freund.
Wir wohnten in einem so schönen alten Haus wie im alten Hamburg, und als ich's mir eines Abends in meinem schönen

großen Zimmer im 2. Stock gemütlich machen wollte, rief Rehlein etwas herbe von unten herauf: "Besuch für Dich!"

Ich wollte Rehlein noch warnen, die Tür zu öffnen, doch es war bereits zu spät: Der Mohr war´s, der drum bat, bei uns logieren zu dürfen. („Kümmere du dich bitte um deinen Gast!")←das hat Rehlein zwar im Traume nicht gesagt, aber eine Stimmung solcherart lag in der Luft...

Sehr praktisch in meinem Leben:
Wenn´s ärgerlich ist, so ist´s meist nur ein Traum.

Ab und zu bekam ich Angstschübe, ob Rehlein überhaupt noch lebt? Durch´s Schlüsselloch konnte man Rehlein mit ihrer süßen, aufgeschäumten Frisur so daliegen sehen. Frontal schaute man in ihre Nasenlöcher, die ins Nichts zu führen schienen.

Der Anblick erinnerte mich an das allererste Foto vom Rifflein als Säugling.

Ich feilte an meiner Professurbewerbung für Nürnberg, und hatte ein wenig Probleme damit, den Satz, daß ich einst drei Jahre lang einen Lehrauftrag in der Musikhochschule von Trossingen innehatte, dichterisch anzubringen. Bzw. so, daß er nicht gar zu undichterisch, staksig oder gar beamtlich klänge.

„Drei Jahre lang bekleidete ich einen Lehrauftrag in…" würde ein wenig weltfremd, und „drei Jahre hatte…" ein wenig sehr schülerhaft klingen. „inne", riet Rehlein, solle man am Ende des Satzes anbringen.

Ich schrieb Rehlein einen Plan für den Rest des Tages: „Wetten, daß du heute ganz toll schläfst, wenn du den Plan gewissenhaft befolgt hast?" rief ich frohgemut aus.

Gegen Rehleins Daltonsyndrom, und die Neigung, sich in Unwichtigkeiten zu verzetteln, helfe nur ein genauer Plan, und beim gemeinsamen Spaziergang am Kanal missionierte ich geradezu begeistert auf Rehlein ein. Natürlich muß Rehlein sich ihrer Art gemäß schon noch hie und da in Unwichtigkeiten verzetteln, aber dafür sollte man ein Extra-Doc anlegen: Freitag: 16-17 Uhr:
„Kleine Unwichtigkeiten"← z.B.

Etwas kompulsiv falteten wir unseren sehr erfüllenden Spaziergang in der Sonne zum Kanal genau in der Mitte, und kehrten wieder zurück, um den Plan gescheit einzuhalten.

Dienstag, 18. Mai

Wunderschön!
Tiefst blauer Himmel über
sattem, frisch erblühten Grün

Als ich mit Rehlein an der Frühstückstafel saß, schwamm ich immer noch im Kielwasser des gestrigen Organisationsrauschs ← für Rehlein!

Auf einmal konnte ich so gut verstehen, daß Ming und Bea über nichts anderes mehr reden. Eine durchgestylte Organisation schien mir persönlich wie ein Silberstreif am Horizont, um Rehleins Daltonsyndrom entgegenzuwirken. Die ganze kostbare erste halbe Stunde des Frühstücks ging für die Planung drauf: 9:30 – 10:30 Rasenmähen←schrieb ich auf einen Zettel.

Mittags hatte Rehlein wieder so wunderbar gekocht: Zwirbelnudeln mit Bröseln und einer zarten Zwiebelsoße, und zu Beginn hatte ich noch ein wenig Angst, daß wir vielleicht einfach so dasitzen und vor uns hinlöffeln - oder Rehlein vielleicht in ein Rumgesumme oder ein Psychologat über Buz, und die wenig erfreuliche Vergangenheit verfiele - doch es wurde überraschenderweise stimmungsvoll, weil ich nämlich die Stimmungszügel in die Hand nahm. Angeregt durch eine neue Serie im Fernsehen, auf die ich mich schon wahnwitzig freue, weil es sich dabei um wahre Fälle aus dem Alltag handelt, sprach ich von der Familie Beutelspacher aus dem Schwabenland: Einer Familie, der überraschend Fünflinge geschenkt wurden.

Reportagenartig machte ich Rehlein abwechselnd vor, wie der Mann mit der öligen Haut und dem Maulkorbbart oder seine bebrillte Ehefrau etwas auf schwäbisch sagöt, und das Schwäbischsprechen entspannte und entfesselte mich so, daß ich richtig manisch und übermütig davon wurde.

„Dös hat unsere finanzielle Planung ziemlich über den Haufen geworfen!"

Ich sprach noch viel mehr derartige Sätze, wie sie in Reportagen hi und da gesprochen werden, und badete in freudigem Schauder darüber, wie´s manche Menschen doch erwischt!

„Daß ma sich mal´d Schwiegerloit oiladöt, und so ö mal zammesitzt, sisch einfach nimmer drin!" Denn hat man erstmal Fünflinge, so ist der Lack wirklich ab, „s Ehelebö leidet au, denn dös müsset sie sich emal vorstellö: Mei Frau muß zehnmal in der Nacht aufstehö – da kommts schon ö mal zum Streit!"

Dann machte ich Rehlein noch vor, wie die Fünflinge später, wenn die Frau Beutelspacher uralt und hinfällig geworden ist, kleinlich drum feilschen, wer sie wann über welches Wochöend zu sich nimmt?

Ich wurde immer vergnügter und erzählte immer weiter, und als Rehlein im Speicher die Wäsche aufhängte, redete ich immer noch: „In Zukunft erzähl ich Dir statt Saitogeschichten nur noch Beutelspachergeschichten!" rief ich fröhlich aus.

Dann stellte ich Rehlein den Liegestuhl auf dem Balkon auf, weil auf Rehleins Tagesplan stand:
14:15 bis 14:35: Dösen auf dem Balkon.
Etwas, das ich mir extra seniorenfreundlich ausgedacht und niedergeschrieben hatte.

Abends zeigte ich Buz meine Bewerbung für Nürnberg, wo jetzt geschrieben stand: „… bei Vater Wolfram, durch den ich seit frühester Jugend in die Welt der Musik und der Violinpädagogik verwoben bin." Buz fand diesen Passus hochgestochen, und vorallem am Satzflicken „Vater Wolfram" stieß sich Buz. „Aber bei Boris Becker stand doch auch „Vater

Karlheinz!" argumentierte ich leicht hilflos an eine Wand hin.

Abkadenziert hatte ich den Brief mit den Worten: „….in freudiger Erwartung!" und Buz meinte, so was schriebe man nur, wenn man schwanger sei, und lachte auf die Art eines hessischen Stammtisch Bruder dazu.

Ich trug auch noch etwas Lustiges bei, indem ich sagte, ich würde schreiben: „Um bei Ihnen eine gute Figur abzugeben, habe ich in Mannheim bei Prof. Paul Dan den Workshop „Arschkriechen für Fortgeschrittene" mitgemacht".

Mittwoch, 19. Mai

Wunderschön sonnig.
Am Nachmittag hauchzarte Bewölkung

Buz riet, auf meine Bewerbung zu schreiben, daß ich nicht die Absicht hätte, in den nächsten Jahren schwanger zu werden. – oder sollte man vielleicht lieber schreiben „zu erschwängern?"
(Würd man beim Feilen an der Bewerbung vielleicht denken?)

Über die Beutelspachers dachte ich auch wieder nach: Daß das Leben der Eheleute mit fünf Babys doch praktisch gelaufen sei, und ob es nicht vielleicht ratsam wäre, ein paar von den kleinen Fröschlein wegzugeben? An kinderlose Eheleute, die viel Liebe zu verschenken hätten? Ich stellte mir Mutti Beutelspacher vor, wie sie im Fernesehen sagt: „Mir isch klar, daß m´d Eschdr, die mö b´haldö wollöt, in Krisenzeiten dann vielleicht mit ihrö G´schwischdr vergloichöd! Daß mo vielleicht dengöt: warum hän mr damals net ö anderes b´haldö?" Mir ist klar, daß wir die Esther, die wir behalten wollen, in Krisenzeiten dann vielleicht mir ihren Geschwistern vergleicht. Daß wir vielleicht denken werden: „Warum haben wir damals nicht ein Anderes behalten?"

Buz erzählte, daß er Herrn Jonas eingeladen habe, (den baumlangen Oboenprofessor aus Trossingen) und ich steuerte bei, daß Herr Jonas so lang sei, daß es, wenn man ihm auf den Fuß tritt, immer fünf Minuten daure, bis er wild und böse wird.

Donnerstag, 20. Mai

Etwas bewölkt.
Mittags gar dunkel und grau, abends wieder lieblich

Mittags machte Buz Worte drum, daß ihm meine Mozart-Sonate zu langsam sei.
„Find ich auch!" sagte Rehlein übereifrig und fügte fast frech hinzu: „Das klingt sonst so wie bei „Jugend Musiziert"."
Aber ich muß ja froh sein, wenn die Eheparteien einer Meinung sind.

Freitag, 21. Mai

Schwüles Sonnenwetter.
Hi und da Kumuluswolken,
ab Nachmittag Sonnenschein

Ute M. hatte geschrieben. Erfreut entfaltete ich ein engbeschriebendes Blatt Papier und las. Gerührt und wie mit der Wünschelrute klopfte ich das Schreiben nach geflügelten Worten ab.

Die Ute schrieb: „Meine Kusine mit Mann und Kindern", und ich wunderte mich leicht, warum sie nicht geschrieben hat: „Mit Kind und Kegel", oder gar „mit Mann und Mäusen", erheiterte ich mich liebevoll, weil man ja nicht vergessen darf, daß Rehlein, als sie mal ein wenig stimmungsarm war, in einem Brief an die Eltern auch auf diese alberne Redewendung zurückgriff, weil sie gehofft hatte, es sei vielleicht ein ganz klein bißchen lustig?

Rehlein & ich wollten zu einem Spaziergang aufbrechen, und um den noch aushäusigen Buz darüber in Kenntnis zu setzen, schrieb Rehlein ihm ein kleines Brieflein.

Jedoch wurden die Freundlichkeiten auf der letzten Zeile einfach hinweg verdeckt, als ich das Kärtchen ins Türfenster steckte, so daß das Schreiben gewirkt haben mag, wie der eilige Schrieb einer unverbindlich kühl geradeausschauenden und eiligen Ehefrau, die ihrem Manne grußfreie und herbe Notizen zu schreiben pflegt. Und als ich noch überlegte, wie man das Kärtchen wohl so plazieren könne, daß einem die Freundlichkeiten direkt ins Auge springen, ist Buz auf seinem Radl von der Arbeit heimgekehrt.

Einmal schaukelte ich in einem entlegenen kleinen Spielplatz, und fühlte mich total glücklich dabei. Es fühlte sich an, als flöge man mitten in den blauen Himmel hinein.
Rehlein saß dazu gutmütig wie die Mutti eines kleinen Kindes auf einer Bank.

Zum Abendessen lief bei uns „Der Alte". Über den fernsehenden Buz sagte ich: „Er ist so in das Geschehen auf dem Bildschirm verwoben, daß er gar nicht bei uns ist. Nur seine leere Hülle sitzt hier auf dem Sofa!"
Nach dem Filmgenuß wollte ich doch noch meine Sonate vorspielen.
„Nicht nur vorspielen, sondern auch daran arbeiten!" sagte Buz, und dämmte mir die Lust am Vorspiel somit schon im Keime ein.
Ich hab´ die Sonate dann aber doch vorspielen dürfen, obwohl Buz, der sich fröstelnd in seinen weißen Wollrock schmiegte, eine gewisse Zeitknappheit ausströmte. Leicht gekrümmt blickte er in die Noten, die er zur Hand genommen hatte, und strömte in seinem Gebaren ein gewisses: „Nun komm mal zu Potte, Mädchen!" aus. Rehlein neben ihm wiederum hatte eine sehr freundliche Ausstrah-

lung solcherart, als sei sie von Kopf bis Fuß auf einen Kulturgenuß eingestellt.

Bevor ich losgeigte, machte ich noch Worte drum, daß es beinahe unmöglich wäre, vor Buzen zu spielen. Es fühle sich an, als wolle man vor den Reich-Ranitzky treten, um ein selbstverfasstes Gedicht von zweifelhafter Qualität vorzutragen.

„Mach mal!" sagte Buz.

„Jetzt weiß ich, wie sich der Papa gefühlt hat, als er dem großen Isaak Stern vorgespielt hat!" lachte ich, und, „es ist so, als wolle man bei einem alten Komiker vorstellig werden, und eilig und sauertöpfisch nach Art von Altkanzler Kreisky Folgendes brummt: „Da wollen wir mal schauen, ob es Ihnen gelingt, mich zum Lachen zu bringen. Das ist bis jetzt noch keinem gelungen!"

Schon der erste Lauf in der Ysaye-Sonate geriet mir ganz komisch, weil ich zu viel Kollofonium auf den Bogen geschmiert habe.

Leider ließ sich mein Können nicht so recht entfalten. Man möchte die Früchte seiner Arbeit ernten und anderen zum Genusse anbieten, doch gleich aus der ersten Frucht quillt eine Horde großformatiger Küchenschaben und promeniert stolz vor den Augen der entsetzten Gäste über den Tisch hinweg. Hie und da sah man Buzen freudlos etwas in die Noten kritzeln, und hernach steht meist irgendetwas da, was vielleicht nur ein Apotheker lesen kann, der sich auf unleserliche Handschriften spezialisiert hat?

Samstag, 22. Mai

Sonnig.
Zur Mittagsstund´
zogen ein paar graumelierte Wolken auf,
und sogar Regenspritzer gab es zu beklagen

Beim Mittagessen erzählte ich von R.s Vater, und wie er sich nach seiner Pensionierung, und bevor er die Komponiererei für sich entdeckte, treiben und hängen ließ. Jeden Morgen hoffte er, verstorben im Bett zu liegen, um dieses Scheißleben endlich hinter sich gebracht zu haben, und von OBEN mit anzusehen, wie die Erinnerung an ihn verschrumpelt und verdörrt wie eine vertrocknende Kontaktlinse, durch die eine Weile lang das Leben auf Erden mitverfolgt worden war, bevor sie eines Tages hinter das Nachtkästchen fiel und nicht wieder gefunden wurde?

Und wenn er dann morgens immer noch lebte, fluchte er im Bad unschön herum.

R.s Mutti hörte man am Telefon zuweilen seufzen: „Ihr wisst ja: Mit Papa wird es immer ärger!"

Dann sprach ich darüber, wie herrlich Omi Nowak es im Paradies habe: Dort sei es in Etwa so, wie in der Kärntner Rosenberger Raststätte, nur natürlich tausendmal schöner: Dort, wo im Leben die Autos vorbeifegen, Motorräder knattern, und Senioren, die Reisebussen entquellen dummes Zeug quasseln, befindet sich im Himmel eine bunte Frühlingswiese, und auf dieser Wiese steht eine Wanne mit weichem warmem Wasser, wo man sich hineinsetzten kann.

Im Nachhinein scheint Omi Nowak das Leben auf Erden wie ein Witz.

Mit meinem Geigenspiel lief's besser: Ich fand zu meiner alten entspannten Form, bzw. zu der Erkenntnis, daß es so am besten war, wie ich's immer betrieben habe, zurück.

Zuweilen mache ich ein, zwei Tage lang einen Ausflug in die Welt der pingeligen, unzufriedenen Interpreten, um dann frohgemut wieder zurückzukehren, und so zu spielen wie immer.

Sonntag, 23. Mai 1999

Graubläulich dicht bewölkt

Tante Irmi wird heut 62 Jahre alt. Schöner wär's natürlich gewesen, ich hätt schreiben können: „Irmi wird 26!"

Doch der Wind der Vergänglichkeit weht über uns alle hinweg.

Ich träumte *daß wir die Neuses tatsächlich mal zum Weine einluden. Wir saßen in der Küche und erfuhren, daß Herr Neuse erst 35 sei, und nicht 47 (*wie Rehlein gestern im wahren Leben geschätzt hat). *„Ich hätte Sie auf 47 geschätzt!" sagte Rehlein auch im Traume. Nach dieser Erörterung der Altersfrage wußten wir uns dann jedoch nichts* *mehr zu erzählen, und beide Parteien wurden von lähmender Verlegenheit eingezwackt.*

Buz & ich besuchten die Siebens:
„Begrüßt" wurden wir von einem entrüsteten humorfreien Hund. „Anton" hieß er, schien eine Richterperrücke zu tragen und roch entsetzlich.

Gelegentlich kläffte er nervtötend auf, und Vati Sieben selber sagt nur Barschheiten zu seinem Hund, weil wahrscheinlich in der Gebrauchsanweisung zu lesen stand, daß man sich keinerlei Nachgiebigkeiten erlauben dürfe.

Montag, 24. Mai

Grau, bläulich bewölkt. Herbe

Wer hätte jetzt gedacht, daß es heut beim Frühstück zu solch einem wüsten Ehekrach kommen könne?

Es war Buz, dessen Faß zum Überlaufen gebracht worden war, weil Rehlein nicht aufhören konnte mit ihren Litaneien und Kritteleien dem Familienoberhaupte gegenüber, so daß Buz gegen Ende sogar enthemmt aufkrisch, weil Rehlein einfach nicht mehr zu bremsen war.

Es ging darum, ob man endlich die Rechtschutzversicherung kündigen solle, und daß Buz nie etwas unternommen habe, um endlich Professor zu werden, und daß er sich zwei paar Tennisschuhe gekauft habe, um nie joggen zu gehen, und halt immer nur ein Maulheld gewesen sei, mit dem man sich ohnedies nie hat unterhalten können, weil immer die Schülerpest dabeisaß.

Zum Schluß knallte Buz zornbebend mit der Tür und verließ überstürzt das Haus, weil Rehlein ihm schon wieder etwas Mahnendes hinterdreinrief – von dem Schal, den er gleich verlieren würde. Buz stieg ins Auto und raste die Graf-Enno-Straße entlang, und ich fühlte mich ein wenig verloren, weil man ja nie weiß, ob er wiederkommt, oder vielleicht für immer vermisst bleiben wird?

Wenn Buz so herumbrüllt, dann gefällt dies Rehlein, erzählte Rehlein, weil er dann endlich mal energisch wird, so wie sie sich's immer mal gewünscht hätte. Und drum muß Rehlein gelegentlich solch ein Gewitter provozieren.

Dann versuchten wir so weiterzuleben, als sei nichts passiert. Als Trost darüber, daß Buz vielleicht nie wiederkommt, versuchte ich mich in Familien hineinzuversetzen, wo das Familienoberhaupt tatsächlich nie mehr zurückkehrte.

Man kann allerdings nicht einfach aufhören, an Buz zu denken, und ich malte mir aus, *wie Buz bei Ottens klingelt und frägt, ob er bei denen wohnen dürfe, weil er's daheim bei seiner Frau nicht mehr aushalten kann. Frau Otten verschlägt's zunächst die Sprache.*

„Ich bin auch immer ganz leise und eß so wenig wie eine Vögelchen!" setzt Buz eifrig und artig hinzu.

Zur Mittagsstund´ kehrte Buz zurück.

Ich telefonierte mit dem Lindalein und erfuhr, daß Mobbl heut müd und klapprig sei.

Nachmittags hatte ich freudigerweise ein wenig mehr Energie, weil ich mir beim Üben schon ausmalte, wie ich nachher in die Teestube gehe. Für Rehlein hatte ich mir bereits passende Worte, die diesen Teehuusbesuch legitimieren sollten, zurechtgelegt: Worte, die ich, als ich dann vom Joggen zurückkehrte auch anbrachte.
Rehlein sprach davon, ob wir vielleicht mal spazieren gehen sollten?
„Nein, ich muß mich von Euch erholen!" sagte ich fest, „vom Autistischen und von der Vergangenheitsbewältigungswut!"
Rehlein gefielen meine Worte, und ich breitete meine derzeitige seelische Verfassung vor Rehlein aus: Dauernd hat man das Gefühl, Bergen von Hausaufgaben hinterherzuhumpeln.
Mir war eine eigentümliche Idee gekommen:
Ob ich zwei Tage lang hinwegradeln dürfe?
Wenn ich dann nach zwei Tagen erfrischt zurückkehre, dann blüht meine Liebe für Rehlein & Buz praktisch wie neu.
Doch kaum hatte ich mit diesem Psychologat angehoben, da konnte ich mich schon nicht mehr aus Rehleins Aura lösen, und all die zuvor angebrachten Worte, die Rehlein doch sogar gefallen hatten, verloren an Bedeutung!

Wir beschlossen, die Waders zum Tee zu besuchen. Mutti Wader bekäme sooo spitze Ohren, wenn Rehlein ihr erzählte: „Wir hatten heute schon einen wüüüsten Ehedisput! Mein Mann ist zornbebend aus dem Hause gerannt, stürzte in sein Auto und raste mit 120 Sachen und quietschenden Reifen von dannen. Umso überraschter war ich, als er dann nach 2 ½ Stunden mit einem Blumenstrauß ganz zerknirscht wieder dastand…" (der letzte Satz dieser Geschichte ist frei erfunden, aber das haben Hausfrauenanekdoten ja so an sich?)

„Wir können ja Herrn Otten fragen, ob er uns die Steuer macht?" regte ich an, und malte uns aus, wie hernach in Herrn Ottens Tagebuch zu lesen stünde: „Einmal ins Helfen geraten, räumte ich ihnen auch noch die Wohnung auf!"
Tatsächlich ist es unerhört schwierig, Buz für die Steuer zu erwärmen. Wie ein Kleinkind denkt er sich dauernd Ablenkungsmanöver aus oder spielt schnell auf seiner Geige.

Durch das Fenster hat man sehen können, wie sich die Ina mit ihrem Lover wild knutschte. Ich rannte extra hinauf, um das Fernglas auf die beiden zu richten – doch es fand sich leider nicht, da es wohl in Ofenbach ist!?

Ich find's ein bißl schad, daß man immer das gleiche Leben führt, und regte an, daß Rehlein doch per E-Mail einen Verwandschaftsrundumtausch organisieren könnte:

Rainer wird am 1.7. in Grebenstein erwartet, wo er ein ganzes Jahr verbringen soll. Abreise wäre dann am 30.6.2000 um 17:01 ab Grebenstein Bahnhof. (Da dort die Züge immer um 01 Richtung Kassel fahren.)

Dadurch, daß Rehlein ja jetzt Rentnerin ist, kann sie alles perfekt durchorganisieren. 90% der Verwandten wollen dann nach Ablauf des Austauschjahres gar nicht mehr an ihren Ursprungsort zurück, weil sie jetzt neue Freunde gefunden haben, und das alte Leben eben Vergangenheit ist.

Im ZDF lief ein Film aus Teneriffa mit Barbara Wussow und dem Dr. Vollmers aus der Schwarzwaldklinik. (Keine Ahnung, wie dieser Schauspieler heißt) Obwohl der Dr. Vollmers so häßlich ist, wird er immer als Herzensbrecher eingesetzt.

Dienstag, 25. Mai

Nach zögerlicher Auflockerung am Morgen
noch Regenreste auf dem Asphalt.
Dann allerdings köstlicher Sonnenschein

Am Morgen schrieb ich einen Brief an die Mireille:

Ich schrieb über die Frau Maebashi, eine Dame, die ständig bei der armen Mireille anzurufen pflegt, so daß Mireilles Telefon praktisch *immer* besetzt ist. Frau Maebashi hält die Mireille vom Briefschreiben und vom Hausputz ab.

Ich konnte der Mireille in diesem Schreiben nur wünschen, daß es ihr nicht so ergehen möge wie mir mit Valerie, Shu-Fang, und Xie.

(Drei Studenten, die sich in jungen Jahren einfach an mich drangehängt haben, beständig anriefen, und unangemeldet zu Besuch kamen, wenn man gerade etwas vorhatte. Kurz und gut: Wie selbstverständlich ihre gesamte Freizeit bei mir verlebten.)

Danach wurde es in meinem Leben ruhiger und angenehmer, schrieb ich dichterisch, auch wenn ich heute nur noch „den Arm zum Gruße winkelnde, flüchtige Bekannte" habe.

Ich schrieb der Mireille gar brisante Begebenheiten aus unserem derzeitigen Leben, die sich wohltuend vom üblichen Füllmaterial normaler Briefe abhoben. Z.B. vom großen Ehezwist.

Am Nachmittag joggte ich durch den Stadtteil Popens.

Am Popenser Kiosk werde ich immer an jene Zeiten erinnert, als es die „Quick" noch gab, und die Oma Ella sich für den Feierabend so viele fesselnde Illustrierte mit nach Hause brachte.

Abends spielte ich meinen Lieben schon wieder die Ysaye-Sonate vor. Der altgewordene Tag sandte ein letztes, verglimmendes und doch leidenschaftliches Leuchten in unser Wohnzimmer.

Mittwoch, 26. Mai

Sonnig. Zur Mittagsstund´ ein bißchen weißwölkig. Abends und Nachmittags sehr sommerlich

OCD-bedingt, denk´ ich, der Ingo dächt, ich sei in ihn verliebt. Die Umarmung, bei der ich der zündende Motor war, fühlte sich beidseitig ein wenig komisch an, aber ich hatte mir gesagt: Umarme ich ihn nicht, so würde das als sicheres Indiz dafür gewertet, daß ich meine Gefühle verbergen will.

Besuch beim Heiko:
Der Heiko vor dem Hause hatte grade Supermarkteinkäufe getätigt, und schleppte Kisten und Kästen ins Haus. Ich dachte natürlich, er sei alleine, und vielleicht befände ich mich jetzt in jener verzwickten Lage, über welche in den Journalen hin und wieder nachzulesen ist: *Daß der einsame Heiko mich plötzlich wild an sich reisst, seine Lippen auf die Meinigen presst, und mir seine flammende Liebe gesteht – und wie ich von seinen Worten ganz verstört bin, weil er mich ein bißchen mit dem Feuer angesengt hat, und ich den Heiko plötzlich mit ganz anderen Augen sehe als noch vor zehn Minuten?*
Doch Ehefrau Moni ist ja gottlob doch daheim gewesen.

Leider wurde ich heut auch hier Zeugin eines wüsten Ehedisputs. Der Heiko hatte der Moni einen Strauß billiger Rosen (verspätet zum Muttertag)mitgebracht, und die Moni sagte etwas grätig nach Ehefrauenart: „Ach Heiko, du sollst doch keine Aldi-Rosen kaufen. Und wie die aussehen!" (Mit angewidertem Untertone darüber, daß halt die Männer ALLES falsch machen.) Da hat der Heiko die Rosen wüst auf den Boden gefeuert, und räumte verdrossen weiter.

„So ist Heiko immer…" sagte die Moni enttäuscht und sah ganz wettergegerbt und traurig aus – so, wie dereinst Rehlein und Mobbl am Beginn ihrer langen Laufbahn als unzufriedene Ehefrau….

„Nun hat sich das Glücksknacksvirus auch in dieses hübsche kleine Haus gestohlen, in das man dereinst doch gezogen ist, um glücklich zu werden!" sollte ich später beim Weiterlaufen denken. Ich dachte zwar eher gleichmütig darüber nach - froh nicht ehelich gebunden zu sein, - aber in einem sehr intensiven Gleichmut, wenn der Leser versteht?

Vorallendingen aber fiel mir auf, wie leicht man ins Dalton-Syndrom verfallen kann, denn bereits auf der Post dachte ich darüber nach, dem Heiko doch ein persönliches E-Mail zu schreiben.

Später weitete ich den Gedanken für mich privat sogar noch aus: Wie die beiden mit Rehlein und Buz einen Partnertausch auf Probe anleiern könnten! Buz zöge dann zur Moni in die Graf-Ulrich-Straße, und der Heiko zöge zu uns.

Beim Üben sah ich heute die andere Tochter von Ottens beim Knutschen. Allerdings ist sie schon etwas reifer als die eine, und es dauerte nicht so lang, und schien mir auch lange nicht so intensiv empfunden.

Abends machte ich mir große Sorgen um die Omi Mobbl, von der es heißt, sie sei plötzlich schwach geworden. Ich rief sie sogar an, und gottlob hörte sich Mobbl am Telefon so an wie immer. Sehr nett plauderten wir. Ich erzählte von den diversen Ehedisputen – ein Thema, zu dem Mobbl sehr viel beizutragen wußte.

Donnerstag, 27. Mai

Ein praller, herrlicher Sommertag

Ich erzählte Rehlein, daß ich mir vorgenommen habe, auf der Post die Nummer vom Sägemörder herauszusuchen, weil ich seine Ansage auf dem Anrufbeantworter hören will: „Hallo. Hier spricht der Sägemörder. Ich sitze z.Zt. im Knast, freue mich aber nach meiner Rückkehr in 15 Jahren über Nachrichten, die Sie bitte nach dem Pfeifton auf Band sprechen….♪"

Rehlein hat heute einen netten Brief Mobblns erhalten, den wir nun im Duett auf dem Balkon lasen. Es handelte sich um einen Brief aus dem Jahre

1970, der beim Aufräumen hinter der Eckbank wieder aufgetaucht war. Damals war Mobbl noch eine Jungseniorin von 59 Jahren, und man war soeben frisch nach Österreich ausgewandert.
Es handelte sich um einen äußerst liebenswürdigen und ausführlicher Brief.

Neben Mobblns philosophischem Gedankengut hatte der Opa leicht ungehobelt an den Rand geschrieben: „Typisch blöde Jeremiaden!"

Abends kam Johann H. unangemeldet zu Besuch, redete auf Rehlein ein, und drohte kein Ende zu finden, obwohl doch der Fernseher leise lief, und zumindest ein bißchen symbolisieren sollte, daß man gerne etwas anschauen würde. Johann H. schien aber kein Gespür dafür zu haben, und einfach ausknipsen konnte man den Televisor auch nicht, weil dem ein Rüchlein („ha, mach i halt aus!") angeheftet hätt!

Ich warf die Frage auf, was Buz wohl den ganzen Tag so denkt? Männer, so heißt es, denken im Allgemeinen an Erotik, und sogar, wenn sie über einer wissenschaftlichen Arbeit brüten, wird andauernd, und oftmals gänzlich gegen ihren Willen, eine nackte Frau in ihrem Gehirn eingeblendet.

Buz bestritt dies zwar, doch wer kann das schon nachprüfen?

Freitag, 28. Mai

Schwül. Morgens wunderschön. Mittags lugubrierte sich der Himmel, und es schäumte ein kurzer Regen auf, dann brach die Sonne wieder durch.

Heute ereilte mich ein Kärtle von Ute M. Wer hätt nun dies gedacht? Ute M. hat ihr Glück gefunden (Martin), und schrieb gar den Satz: „Es geht mir unverschämt gut!" Nach Art von Onkel Rainers Frau *Sharyn,* hatte der Martin *& Martin* hinter Utes Namen am Kartenende gekritzelt.

Nach dem Konzert in Holtrop:

Pfarrehepaar Czianowski hatte uns in sein schönes Heim eingeladen.

Es gab liebevoll zubereitete Häppchen, und zu meiner Rechten saß Heikos freundliche Sekretärin Birgit, die sehr musikliebend ist.

Für eine 36-jährige etwas ungewöhnlich frug ich: „Was ist Deine Leibspeise?" Die Birgit hat keine Bestimmte gewußt, und befrug mich nach der Meinigen. „Man muß unterscheiden zwischen E- und U-Speise!" sagte ich, doch auch mir fiel im Moment keine ein.

Samstag, 29. Mai

Wunderschön sommerlich

An der Frühstückstafel brach ein Zwist zwischen Rehlein & Buzen aus. Wie so oft bei Zwisten unter Erwachsenen ging es darum, wer wohl „der Gute" sei. Buz hatte leicht gönnerhaft etwas solcherart gesagt, daß „ihr" die Degerlocher Omi früher immer verunsichert habt. „Ihr???!" hakte Rehlein ungläubig nach, und wollte, daß Buz sich da gefälligst mit einbezieht, da unser Pabba immer so frech zu der alten Dame gewesen sei.

Zum Glück hat die Uroma, wie man heute weiß, die Genugtuung gehabt, daß die jungen Leute früher oder später genauso alt sind, und sich noch wundern würden! Die Zeit macht schließlich vor niemandem Halt.

Ob's die Uroma vielleicht frohstimmen würde, zu hören, daß es fast 31 Jahre nach ihrem Tode wegen ihr noch einen Ehezwist gab?

Rehlein wäre wohl kaum sie selber gewesen, wenn sie dem Onkel Jesse nicht zum Geburtstag gemailt hätte. Ein kleiner Roman wurde draus.

Drei Fotos im Internet rührten uns nachhaltig: Onkel Rainer mit seinen beiden Enkeln Marius und Florian, von der Abendsonne beleuchtet. Warm gestimmt überlegten wir, daß der Onkel Rainer vielleicht doch noch großväterliche Gefühle entwickeln könnte?

Ganz besonders entzückt waren wir vom kleinen Max, von welchem Opa Dölein ganz stolz ein Foto in den Computer gespeist und reihum geschickt hat.

Vor dem Fenster konnte man sehen, wie der Freund von der Ina mit seiner Dachgartenfrisur eintraf, und ich „bestaunte" die Frisur und frug mich, ob sich die Ina vielleicht hauptsächlich in die Frisur verliebt habe?

Zuvor hatte ich noch einen Videofilm angeknabbert, wo ein Pärchen von zuhause ausriss, und ich frug mich, ob das den Ottens nicht auch passieren könne? Plötzlich ist die Ina weg, man hört wochenlang nichts, und dann kommt eine Karte aus Norwegen:

Macht Euch keine Sorgen.
Mir geht's gut.
Ciao Ina

(Leider in kühlem Tonfall verfasst)

Und wie Mutti Otten die Postkarte dreht und wendet, aus Angst, irgendetwas Wichtiges zu überlesen….

Ich frug Rehlein, was sie wohl gemacht hätte, wenn ich ein Entchen geworden wäre?

Auch dann wäre ich eine große Kostbarkeit für sie, erläuterte Rehlein, und wenn ich mit den anderen Enten zu Wasser gelassen würde, dann würde Rehlein penibelst drauf Obacht geben, welches wohl das Ihrige sei?

Sonntag, 30. Mai
Aurich - Langeoog

Zuweilen feuchtgrau –
doch in Langeoog sonnig kühl
mit luftigen, schwadigen Wolkenresten

Wir erfuhren, daß die Amrei eine Radikal-Emanze geworden sei. Als der Tone sie mal besuchen wollte, ließ sie ihm ausrichten, er dürfe kommen: Als Freund, aber nicht als Mann! Als der Heiner davon hörte, wollte er sie auch besuchen, und sagte humorvoll: „Ich laß meinen Schniedel daheim!"

Rehleins Schüler Martin hatte versprochen, mich zum Schiff zu fahren.

Beim Üben schaute ich auf die seniorisch müde wirkende Graf-Enno-Straße, und hoffte beständig, der Martin käme bald. Innerhalb jedes einzelnen 5-Minuten Quadrätchen hoffte ich´s mit frischgeschöpfter Hoffnungsfröhe.

Nach einer Weile hatte mir meine süße Mama ein Mittagsessen zubereitet: Pikante Breitbandnudeln mit Sojafleisch und gehobelten Mandeln.

Dankbar und begeistert löffelte ich die köstliche Speise auf.

Der Martin kam kurz nachdem wir uns gewundert hatten wo er bleibt.

Wie so oft in Aurich hatte man gelegentlich den Krankenwagen auftuten hören, und jedesmal bohrt sich da natürlich ein leiser Stachel ins Gemüt: Ist er ausversehen gegen einen Baum gerummst?

Dann kam er aber doch.

Gemeinsam fuhren wir zum Hafen nach Bensersiel.

Rehlein erzählte fesselnde Spielkasinogeschichten: Wie Buz und Onkel Döleins Ehefrau Christa einst in jungen Jahren den Reiz des Spielcasinos für sich zu entdecken drohten. Während bei Buz Spaß und Hoffnung Pate bei diesem neuen Hobby standen, schien die Christa bereits hoffnungslos verloren.

Ich saß etwas schweigsam hinten. Einmal trommelte ich zärtlich mit meinen Fingern ganz leise auf Rehleins kleinem Haupt herum.

Im Schiff:

Gelegentlich las ich eher desinteressiert in meinem Roman: In einer Dunstglocke prickelnder Erotik saß darin eine Dame einem Herrn gegenüber, und die Konversation schien mir so verkrampft, obwohl sich beide Mühe gaben, geistvoll und fein gewürzt miteinander zu reden. Wahrscheinlich ist es der Konversationsstoff zwischen Mann und Frau, der eher mager ist?

Über den Rand des Buches hinweg dachte ich über die Schwierigkeit nach, neue Bekanntschaften zu knüpfen.

Wann habe ich meine letzte Bekanntschaft geschlossen?

Dann machte ich doch noch die Bekanntschaft zweier älterer Damen (zirka 71 und 63 Jahre „jung").

Zunächst interessierten mich die Damen weniger, aber als ich dann hörte, daß sie aus Peine kommen, wo ja auch der Sägemörder bzw. vielleicht ein anderer Sägemörder sein Unwesen getrieben hatte, interessierten sie mich doch leicht. Und als wir dann in ? (obwohl ich grade hiersitze und schreibe, weiß ich immer noch nicht, wie die Hauptstadt von Langeooge heißt) ankamen, waren wir schon fast so etwas wie gute alte Freunde.

Ich hatte erfahren, daß die Damen zwei Freundinnen sind, die sich schon seit 1950 kennen!

„Dann feiern Sie nächstes Jahr goldenes Bekanntschaftsjubiläum!" sagte ich nett, und damit bröckelte das Eis der Fremdheit zwischen uns Reisenden.

Sehr nett holte mich Herr Groll mit der kleinen Friederike ab. Die kleine Friederike finde ich so unglaublich süß und nett, doch Vati Andreas schien mir etwas müde und ausgelaugt. Beim Schlendern durch die kühle Sonne an saftigen Kuhfläden vorbei, herrschte ein dröges, leicht peinliches Schweigen.

Konzert in der Inselkirche:

Ich spielte in einer gut gefüllten Kirche, und zum Schluß bemerkte ich, daß meine alte Freundin aus Kindertagen, Maria Schumacher mit ihrer Mutti gekommen war. Mir gelang es, die Damen in die Künstlergarderobe zu locken. Sie befanden sich in Urlaubsstimmung, waren sehr nett, und ich erfuhr, daß die Maria sich derzeit auf einem einwöchigen Fortbildungskurs befindet. Sie ist Ärztin am Oldenburger Klinikum – spezialisiert auf Krebserkrankungen.

Nach dem Konzert:
Eine Dame hatte mir eine Doppel-CD abgekauft, und sagte: „Die schnellen Sätze fand ich sehr gut".

Abends gab es noch einen Empfang bei den Grolls:
Heute war Schwiegermutter Marianne, ein weißhaariger Pagenkopf aus dem Sauerland zu Gast, und es gab Biopizza.

Dann machte ich zu später Stund´ noch einen kleinen Nachtspaziergang auf der Insel.
Am Fenster vom „Kupferpfanderl" sah ich die Maria mit ihrer Mutti schimmern, und wünschte dies wären Rehlein & ich.

Montag, 31. Mai
Langeoog - Aurich

Kühl. Doch nach einer Weile wurde es trotz Wolkenmasse sonnig

Am Morgen überlegte ich, wie man den Urlaubstag wohl fantasievoll gestalten könne? Z.B. zu den Grolls zu gehen, und mich mit der weißhaarigen, pagenköpfigen Schwiemu zu befreunden? *Ich klingle, und sag: „Zu Ihnen wollte ich, Marianne! – Ich darf Sie doch so nennen?"*

Auf meinen Spaziergängen lernte ich zuweilen nette Leute kennen, die mich mit Komplimenten über's gestrige Konzert beschütteten.

Auch die beiden Wachteln aus Peine sah ich wieder, und im Vorübergehen bewarfen wir uns mit aufmunternden Worten.
Einmal unternahm ich eine kleine Wanderung durch die Prärie und die so wunderbar wogenden Grashügel. An allen Ecken schimmerte Mutti Schumacher mit ihren neuen, so bequem gepufferten Gesundheitsschuhen auf.

Im Kupferpfanderl:
In meinem Blickwinkel saß ein Ehepaar, das sich die ganze Zeit über nur anschwieg. Ich passte extra auf. Bei denen ging's somit in Echt so zu, wie's mir

gehen würde, wenn ich jetzt mit Herrn Heike hiersäße.

Im Geiste malte ich mir aus, *wie ich mit Herrn Heike im Auto sitze, und dem verkrampften Gespräch zwischen Mann und Frau eine ganz persönliche Wendung zu verpassen suche: „Herr Heike, in wen sind Sie grade verliebt?" Für einen Moment würde Herr Heike aus der Fassung geraten. Doch dann fängt er sich wieder und sagt: "Wenn du mich schon so diskret frägst, dann sag ich´s halt: In Dich!" und der Satz würde eine Weile lang etwas eigentümlich und windschief im Raume stehen bleiben, bevor ich ein anderes Thema anschneide.*

Einmal setzte ich mich zu den Schumachers an einen Tisch in der Bäckerei. Ich erstattete einen kleinen Rapport über die Dame Gerswind, die einen Ehemann habe, der fast nie daheim sei. Höchstens vielleicht mal zum Hemdenwechseln, aber sie hat ja nicht auf ihre Eltern hören wollen, und nun sei es genau so gekommen, wie es die Erwachsenen schon immer prophezeit haben.

Die Maria wiederum hat ihren Holger beim Studium kennengelernt, und er sei der beste, schönste und netteste Ehemann der Welt!

Juni 1999

Dienstag, 1. Juni

Wunderschön warm und sonnig

Etwas verfrüht kam der kleine Pascal mit seiner Deckelfrisur in die Klavierstunde. Ich bat den Knaben herein, und riet, sich einzufingern, und als er geendet hatte, rief ich: „Hut ab - Schappööchen!" und dabei war´s doch streng genommen nur ein kindisches Geklimper gewesen.

Ich schlug Rehlein vor, für Ehezwisteleien einen bestimmten Wochentag einzuplanen.

Mittwoch, 2. Juni

Vormittags Sonne, dann lugubrierte es sich.
Manchmal Regen

Rehlein bemeckerte meine ungeschickte Art, Brot zu schneiden.
„Du und der Wolf!" seufzte Rehlein tadelnd.
Hernach hatte ich bei jedem Handgriff das Gefühl, *Rehlein säße kleingeklickt auf meinem Schulterblatt und kommentiere jeden einzelnen Handgriff: „.....Versteh nicht warum immer alles kleben und bappen muß...!?!??"*
Rehlein stimmte ein Klagelied an, was Buz in der Zeit, wo er mit seinen Schülern über ungelegte Eier geschwatzt hat, wohl für Werke hätte lernen können?

Und ich wiederum dachte unwillkürlich: „Und wenn Rehlein in der Zeit, wo sie Jeremiaden und Lamentate auf Buz und seine Schüler abgefeuert hat, geübt hätte, dann wär sie heute wohl die beste Bratscherin aller Zeiten!"

Als ich joggen ging, erzählte ich Rehlein, daß ich für die gleiche Wegstrecke wie früher, inzwischen 23 Minuten bräuchte, - statt 22 - da ich älter geworden bin.

Wenn ich mal 82 bin, dann brauche ich zwei Tage und muß unterwegs in einem Gasthof übernachten, schelmte ich, und erzählte noch, wie ich zu meiner bis dahin 105-jährigen Mutti sag: „Bis übermorgen, Mutti!"

„Hhäää???" (Kommt der Opa bis dahin in Rehlein zu Wort)

Rehlein lachte süß.

Am Nachmittag übernahm ich Buzens Schüler.

Ich erfuhr, daß Buz in der letzten Woche mit dem kleinen Rainer an der Körperhaltung, und am Mond, der aufgegangen sei, gearbeitet habe.

Mutti Schuhnicht mußte den Herrn Sohn sehr oft wegen seiner krummen Haltung anbarschen, bloß genützt hat es allemal nichts, und ich konnte keinerlei pädagogisch´ Land erkennen.

Als der kleine Rainer dann ein kleines Lied fingerte, war´s natürlich schon possierlich, - so ein kleines Kind: Eben mal fünf Jahre alt - und ich scherzte: „Jetzt kann man ihn zumindest schon für kleine Feiern vermieten!"

Im Haus gegenüber konnte man die Stephanie als dunkle Silhouette in ihrem Zimmer agieren sehen, und die runde Lampe die über ihr hing, schaute schön aus wie der Mond.

Donnerstag, 3. Juni

Grau bewölkt. Gelegentlich lugte die Sonne durch

Heut´ träumte ich schockierend: *Bevor der Wecker schrillte, war grad ein kurzes E-Mail vom Onkel Rainer gekommen, dessen Inhalt kaum zu glauben war:*
„Liebe Erika, heute ist etwas ganz Schlimmes passiert: die Sharyn kam zur Tür herein, fiel um und war tot…".

Zur Jausenstunde sprachen wir über den ekelhaften Sohn vom Prof. H., der Rehlein so quasi wie einen Putzlumpen behandelt hat, indem er sie nach Künstlertypenart einfach ignorierte! Und dabei hatte Rehlein ihm die Plakate aufgehängt und das Bett bezogen, aus welchem hernach ja noch der nächtliche Furzesdunst, testosteröser Schweiß, die Darmschmauchspuren und Inkontinenzfleckerln herausgewaschen werden wollten!

Bloß bei den L.s hat er sich hernach bedankt, weil er gesehen hat, daß die viel Geld haben.

Heute hat man´s hautnah miterleben können, wie Herr Otten, der Herr im Hause gegenüber, eigenäugig mit ansehen mußte, wie seine wunderschöne, biegsame, frisch erblühte Tochter ihre schlanken Arme um den Nacken des breitbeinig dastehenden Monsters mit dem Gärtchen auf dem Haupt legte.

Ein Dolchstoß in die Seele eines jeden Vaters!

Herr Otten verbarg den Schmerz hinter einem unsicheren Lächeln, das wohlwollendes Amüsement über das unreife Geturtel der jungen Leute vorgaukeln sollte.

Freitag, 4. Juni

Mild und unauffällig bewölkt

Seit heute liegt Mobbl wegen einer Herzschwäche im Spital, um ein wenig aufgepäppelt zu werden. Fast die ganze Zeit war ich mit einem E-Mail an Mobbln beschäftigt, und einmal telefonierte ich mit dem Lindalein, das uns in drei Tagen endgültig verlässt, um nach Amerika zurückzukehren.

Ich überlegte, daß Mobblns Leiden wohl seelische Wurzeln haben könnte, weil Mobbl sich wahrscheinlich ausrechnet, wie nach Lindaleins Hinfortgang die Dame Gerswin bei Ming einziehen wird?

Abends gratulierte ich dem Opa zur eisernen Hochzeit, und liebte ihn unglaublich.

Samstag, 5. Juni

Bis zum Mittag Regen. Dann strahlte wieder die Sonne durch.
(Allerdings umrahmt von Wolkengebräu)

Rehlein war in der Früh schon auf dem Markt gewesen, und hatte ganz viele Schülereltern getroffen.

Ein Vater erzählte, daß die kleine Anna Rehlein sehr vermissen würde, und mit der neuen Geigenlehrerin überhaupt nicht klarkäme, weil die der kleinen Anna sogar Lieder aufgibt, die die Anna doch überhaupt nicht kennt! (Friesenlogik) Dazu habe er ein verbindend empörtes Gesicht geschnitten, das die Hoffnung barg, in Rehlein bei diesem Empörikum eine Verbündete gefunden zu haben.

Buz riet mir, mein Herz untersuchen zu lassen, doch ich wiederum sprach davon, daß ich mich nicht dazu überwinden könne, mit einem elektronenverpappten, entblöstem Oberkörper und hüpfenden Milchbunkern vor den Augen eines Arztes dran auf dem medizinischen Standradl herumzuradeln, und außerdem hätte ich Todesangst vor der Diagnose.

„Glaub mir, das ist nichts für mich!" sagte ich.

Nachtrag 2021:
Und tatsächlich: Das ununtersucht gebliebene Herz schlägt immer noch

Sonntag, 6. Juni

Häßliches Wetter.
Zwar grinste ab und zu schrill die Sonne herein,
doch dann zogen auch schon wieder
strenge Wolkenbänke herbei,
als wollten sie diesem Unfug ein Ende bereiten

Am Morgen mußten wir dem Lindalein zum Geburtstag gratulieren, aber dieser Anruf galt natürlich auch ihrem letzten Tag in Europa, der das vorläufige Ende von Mings Glück einläutet.

Die Linda hatte heute schon einen ganz schönen Geburtstag gefeiert:
U.a. hatte der süßeste Ming ihr eine DAT-Kassette mit Klavierbegleitungen für ihre Violinwerke vollgespielt.

Die Linda freut sich auf Amerika – dies sagte sie zumindest. Doch der Satz klang matt und kraftlos, solcherart als sei er aus einem Ratgeber, der zum positiven Denken aufrufen will, herausdestilliert worden. Sie freut sich auf ein neues Leben mit ganz vielen neuen Möglichkeiten, und Buz, Rehlein & ich sehen Ming im Geiste schon irgendwo in San Diego herumhängen, so wie er ja mal fast in den Steppachbrunnen in Trossingen gezogen wäre, um der Dame Gerswind nahe zu sein. Ich erzählte der Linda, daß wir heut einen Abschieds-E-Mail an sie tippen müßten, und der süße Buz könne ihr gar ein Abschieds-Doc schreiben:

„Die *letzten* Finessen des Violinspiels".

Dann erzähle ich der Linda nochmals, wie´s uns jetzt so ergehen würde, wie der Familie Thoma aus Bayern einst mit der Cora, obwohl ich die Geschichte doch schon mal erzählt habe!

Doch dann fiel mir plötzlich nichts mehr ein, was man noch hätte plaudern können, und ich sagte zum Lindalein:

„Es ist doch gut, daß du gehst, denn jetzt fällt mir gar nichts mehr ein, was man dir noch sagen sollte! Vielleicht sind all´ meine Worte für Dich jetzt grad in diesem Moment zuendegegangen?"

Nach dem Telefonat führten wir einen ganz gewöhnlichen Sonntag in häßlichem Wetter:

Zwar leuchtete ab und zu fast schrill die Sonne herein, aber dann zogen auch schon gleich wieder entsetzliche graue Endzeitwolken herbei – sogar in mehreren Schichten. Ab und zu prasselte ein Duschregen auf, und zum Mittagessen mußten wir das Licht einschalten.

Montag, 7. Juni

Vormittags sonnig.
Dann wieder streng und grau bewölkt. Regen.
Abends interessanter Endzeit-Himmel

Buz sprach darüber, daß man dem auswärtigen Amt schreiben solle, weil den Ausländern im „Musikalischen Sommer" immer so viele Steuern abgezwackt würden, so daß der üppige Lohn, den Buz ihnen doch zugedacht hat, sehr leicht zusammenschrumpelt, und die fleißigen Musikanten mit einem beschämenden kleinen Taschengeld nach Hause zurückkehren.

Ich war etwas spaßig gestimmt, und sagte wie ein kleines Töchterlein: „Schreib, unser Opa hat auch mal im auswendigen Amt gearbeitet!"

Rehlein lachte süß und machte ein paar Grimassierungen darüber, daß Buz immer nicht hinhört, wenn ich als Frau eine Lustigkeit von mir gebe.

In der Tat „agiert" unser Papa derzeit ein wenig wie ein defektes Radio, das man rütteln, schütteln oder sogar mit Fußtritten traktieren muß, um ein paar gescheite Töne herauszubringen – so geistesabwesend oder einkanalig ist Buz.

Dummerweise weiß ich nicht, ob es ärger ist als früher, da man vorher ja nie weiß, was später nachlässt, bzw. *was* im Tagebuch besonders hervorgehoben werden muß bei der Schilderung der Gegenwart?

Nach dem Frühstück ließ Buz ein paar mal seinen Geigenausprobierlutz ab, (einen Lauf über drei bis vier Oktaven – so quasi über die ganze Geige hinweg) und ich psychologisierte Rehlein darüber an, daß diesem „Lutz" eine versteckte Botschaft innewohnt: Buz macht auf dem hohen „H" immer eine rasche Kehrtwende, um mit einem fliegenden Stakkatostrich verlegen vom magischen „H" wieder hinwegzuhüpfen… (Seine Exe „Hilde)

Dienstag, 8. Juni

Morgens noch etwas feucht. Mittags Duschregen.
Luguber. Dann wieder Sonnenschein

Am Morgen war ich beim Weckerschrill ganz erstaunt über das Selbstverständliche: Daß es nämlich so ist wie es ist!

Das Wetter draußen sah so grünlich endzeitlich aus, und mir trat gleich wieder ins Gemüt, daß es Buzen gestern seelisch nicht so gut ging. Man streicht ihm überall die finanziellen Mittel, und vor seinen jugendlichen Kumpeln ist es ihm peinlich, weil er doch wahrscheinlich immer so rumgetönt hat? Der arme Schatz!

Man spürt, wie sehr man als Tochter an die Laune des Vaters mitangekettet ist.

Am Morgen schrieb ich einen Brief an meine liebe Freundin Veronika. Ich schrieb, daß man mit seiner eigenen Post Ping-Pong spielen könne, indem man nämlich in Aurich und Trossingen je einen Nachsendeantrag stellt, und kam auf diesem Pfade der Albernheiten vom Hundertsten ins Tausende.

Dann joggte ich, und als ich wieder daheim war, haben die Erwachsenen schon rumort. Rehlein sah so unbeschreiblich süß aus in ihrem weißen Nachtfummel, und verkündete so nett, daß sie gleich auf den Markt radeln würde, um uns ein schönes Frühstück zusammen zu kaufen.

Buzen war das Saure von gestern nach dem Aufwachen natürlich auch wieder ins Bewußtsein zurückkatapultiert worden, so daß er sich nicht so gern erhoben hat.

Ich fühlte mich bzgl. Buzen ein wenig wie das kleine Rifflein – dahingehend, daß ich ständig Buzens Nähe suchte, weil's mir weh tat, daß mein Papa alt wird und in einer Lebenskrise steckt, so daß man ihn mit seiner Nähe menschlich ein wenig wärmen möchte.

Ich legte Bachs g-moll Sonate ein – interpretiert von einer Studentin Buzens, und frug Buz als Pädagogen, ob der eine Akkord mit der Fermate im ersten Satz wirklich wie ein krachender Furz im Zentrum des Geschehens stehen müsse?

Am Ende des Vormittages hab ich Buz von meinem Zimmer aus in die „Ostfriesische Landschaft" radeln sehen. Ich hätte so gern noch verbindend an die Scheibe gepocht, doch nun war's zu spät...

Unten psychologisierte ich Rehlein über's Arschkriechen an. Etwas, was in Musikerkreisen usus ist. Ich kröche niemals in irgendwelche Ärsche, behauptete ich einfach, und dabei bemerkt man's im Allgemeinen erst, wenn's passiert ist.

„Der Flötenspieler Jens B. ist ein typischer Arschkriecher!" wußte ich, „Einmal ist er dem Cembalo-Lehrbeauftragten Dieter W. so tief in den Arsch gekrochen, daß er stecken blieb und vermisst gemeldet werden mußte…"

Buzens Spezi Thomas hatte seine schwarze Tasche bei uns vergessen, so daß Buz ihm hinterher telefonieren mußte.

Buz und Rehlein suchten ganz aufgeregt an seiner Nummer herum, und ich scherzte lose, daß der Thomas sein Schwarzgeld immer in seine schwarze Tasche tut, damit er weiß, wo's ist. Bloß habe er dabei nicht bedacht, daß er eines Tages nicht mehr weiß, wo die schwarze Tasche ist!

Rehlein meinte, ich könne nachher, wenn alle weg sind, ein wenig durchsaugen. Schon ganz lange, bevor ich lossaugte, nervte ich Rehlein mit Fragen über's Staubsaugen, da ich beim Staubsaugen immer das Gefühl habe, ich saug und saug, und nichts verändert sich. Im Gegenteil: Bei dieser so unverzichtbaren Haushaltstätigkeit zeige ich so erschreckend wenig Talent, daß mir scheint, ich bügele den Staub in den Teppich hinein!

Nach einer Weile ist der kleine Pascal etwas verfrüht in die Klavierstunde gekommen, so daß ich den kleinen Psychopathen zehn Minuten lang vorunterrichtete. Zehn Minuten, die dem süßesten Rehlein zugute kämen. Er spielte ein Lied mit Namen „Frankfurter Würstchen", und dort, wo in den Noten normalerweise der Komponistenname zu lesen steht, stand (leicht) humorig „Frank Furter".

Der schweigsame und unzugängliche Pascal gab sich große Mühe, die richtigen Tasten zu drücken, doch im Rhythmischen haperte es noch.

Einmal sagte ich: „Ich patsch jetzt in die Hände, wie eine Kindergärtnerin!" Doch auch das nützte nichts. Dann zeigte ich ihm noch, wie man jene Noten, wo ein Pünktchen draufgemalt ist, interpretiert.

„Dann klingt es nämlich neckischer!" erklärte ich sachlich.

Abends zog uns ein Telefonat mit Ming seelisch in die Tiefe.

Ming hält sein Leben als Moribundensitter nicht mehr aus. Übermorgen will er nach Bonn reisen, und man sollte doch den armen Opa nicht alleine lassen.

Da fielen die Würfel, und Rehlein beschloß, ohne wenn und aber morgen ganz früh nach Ofenbach zu reisen und für den Opa zu sorgen.

Nachtrag 2021: Wer hätte damals gedacht, daß Rehlein für immer in Ofenbach blieb??

Nun mußte organisiert und rumbedacht werden.
Ich schmierte Rehlein drei Brote und legte noch ein paar Gurkenscheiben dazwischen, weil's mir so wichtig war, meiner lieben Mama Gutes zu tun.

Mittwoch, 9. Juni 1999

Man wußte nie so recht,
was das Wetter wohl vor hat?
Oftmals Regen und schwärzliche Bewölkung,
dann wieder Sonnenstrahlen
inmitten glitzriger Regennässe

Als einst die Tante Beate nach Amerika zog und ging, und selbst jetzt, da das Lindalein uns scheinbar für immer verlassen hat, hab ich gar nichts Bestimmtes (mehr) gefühlt, aber wenn Rehlein nur nach Ofenbach reist, dann fühle ich mich so, als ob ich heulen müsste. Mir blieb nichts anderes übrig, als dem Auto, das sich nun im Sonnenschein hinfortbewegte, hilflos hinterherzuwinken.

Angestrengt schob ich einen Gedanken jener Art dazwischen, daß ich allen Grund hätte, dankbar zu sein.

Zum Jörg mußte ich um Zehne auch. (Um Zehne die Zähne kontrollieren lassen.)←blöd.
(Altherrenhumor).

Ich hatte gar kein besonderes Empfinden für den Zahnarztbesuch, eher Gefühle einer jungen Ehefrau:

Was koche ich meinem süßen Buz, wenn er vom Bahnhof zurückkehrt, hernach Schönes?

Im Wartezimmer las ich interessante Dinge: Beispielsweise den Bericht einer heimlichen Geliebten, die gekämpft, und zu den 15% gehört hat, die „gewonnen" haben. Aber glücklich ist sie davon nicht geworden. Nach nur einem halben Jahr kehrte Schalheit und Öde ein, und als der so mühsam errungene neue Ehemann am Abend anrief, um zu verkünden, daß er auswärts übernachte, war sie eher erleichtert denn bekümmert – obwohl diese Erkenntnis allein schon leicht bekümmerlich war.

Man lebte so nebeneinander her, und nur abends traf man sich zu einem belanglosen Gespräch...

Dann ging's in meiner Lektüre noch um die Belastung mit Schwiegermüttern.

Zirka eine Stunde lang saß ich im Wartezimmer, und dann wartete ich noch so lang wie bestellt und nicht abgeholt im Behandlungszimmer.

Ich hatte das Gefühl, vergessen worden zu sein, weil es in der Praxis so lautlos war. Auch konnte ich mir überhaupt nicht vorstellen, daß der Jörg da sein solle, weil ich seine Aura gar nicht spürte.

Dann kam er aber doch. Der Jörg leuchtete wie eine Sonne, allerdings ging er dann grußlos und überließ mich mit zwei stumpfen Wattepuffern im Mund meinem Schicksal, so daß ich mir sogar noch vergessener vorkam als zuvor.

Später hat die Frau Folkert die Wattereste entfernt, und ich wurde wieder in die Freiheit entlassen.

Ich tummelte mich eine Weile lang im großen Carolinenhof-Supermarkt und versetzte mich in andere Hausfrauen, wie z.B. die junge Omi Mobbl hinein:

Jene erregende Mischung aus unbändiger Kauflust und Lampenfieber vor einem verärgerten Ehemann daheim, bezüngelte somit auch mich in meiner Vorstellungskraft.

Sogar zwei Mausefallen kaufte ich im Rahmen meines Kaufrauschs, weil ich Rehlein in Abwesenheit so gut wie *irgend möglich* vertreten wollte!

Abends beschlossen Buz & ich Johann und Christiane besuchen. Die Christiane war allerdings allein zuhaus, und über den Johann hieß es, er besuche ein Fortbildungsseminar, oder auch „Fortbildungsseminar" in Anführungsstrichen – dies weiß kein Mensch.

Die Christine bat uns erfreut herein, und Buz brütete gleich ganz lang über der NMZ (einer Musikzeitung), weil ihm das alberne Gegacker junger Damen als vereinzeltem Herrn wohl nicht so liegt?

Buz hatte natürlich auf den Johann als Plauderpartner gehofft – wo er doch neulich schon schwärmerisch über ihn gesagt hat: „Da könnt' ich Homo werden!" Dann aber gewöhnte Buz sich an das Gegacker, und es wurde doch noch recht nett. Es gab Gummibärchen und Mandelschokolade, und wir sprachen darüber, daß der eine Schneidezahn von der Christiane leider Gottes unecht sei, und zuweilen an unpassender Stelle schon herausgehupft ist.

Dann wurden Fotos herumgereicht, und zum Schluß hab ich nach Art eines idealen Gastes, unsere Weingläser gespült, abgetrocknet und wieder in den Schrank gestellt.

Rehlein ist gut in Ofenbach angekommen. Ming hat den Opa heut in die Wanne gesetzt und abgeschrubbt, und jetzt tranken Mutter und Sohn gemeinsam einen Wein.

Donnerstag, 10. Juni

Schwärzliche Himmelsbeleuchtung. Oftmals Regen.
Abends etwas aufgelockert,
doch wegen der dichten Wolkendecke schien es
direkt so, als würde es früher dunkel als sonst

Im Radio musizierte Ginette Neveu Chaussons Poème.
„Hör dir das mal an!" sagte Buz, und riet mir gar, mich direkt vor den Hifi-Turm zu setzen. Obwohl Ginette Neveu eigentlich eine Artgenossin von mir ist – eine junge Geigerin – interessierte es mich wenig, und ich hörte bloß aus Höflichkeit auf das eher gradlinig, gewöhnliche Spiel drauf. Da gäbe es doch noch eine *ganz andere* Aufnahme von diesem genialen Werk, wußte ich, - nämlich jene vom jungen

Menuhin, die einem die Tränen der Begeisterung in die Augen treibt.

Die legte ich uns gleich auf, um die spröde, gradlinige Interpretation von eben wieder aus unseren Ohren herauszuwaschen.

Inspiriert durch Menuhins Intensität spielte ich Buzen hernach Bach's g-moll Sonate vor, die sich aber gewaschen hatte!← Naaain! Ich schrieb eben zum Spaß ein wenig wie Ute M.

In Wirklichkeit spielte ich viel intensiver als sonst, doch der Preis war jener, daß es in dieser Intensität ein wenig „Ton-für-Ton" klang, fand ich währenddessen – hoffend, daß es trotzdem in Buzens Sinne sein möge.

Nach der Fuge sagte Buz aber bloß: „Kommst du zurecht mit dem neuen Bogen? Neee? ne?"

Ich war ganz enttäuscht, schluckte die Enttäuschung aber nach Art einer gereiften Frau hinab, die ergeben denkt: „Er ist halt so!!" und einmal ins Spielen geraten, fügte ich auch noch die beiden letzten Sätze hinzu.

Etwas ist praktischer, wenn ich mit Buzen allein bin, als wenn ich mit Rehlein allein wär: Ich muß nicht so viel ins Tagebuch schreiben.

Es lief nämlich der Fernseher. Buz als Tennisfän wollte sich das Rasenturnier in Halle nicht entgehen lassen. Tommi Haas, so fand ich, hat mittlerweile schon einen echten amerikanischen Ausdruck ins Gesicht bekommen, und die umgekehrt aufgestülpte Baseballkappe rundete dies Bildnis auch noch ab.

Am Abend mußte ich mich von Buzen, der zu seiner alten Mutter nach Grebenstein fuhr, verabschieden.

Freitag, 11. Juni

Bis zum Abend sehr wechselhaft.
Dunkelgraue Wolkengebilde und Regen.
Hernach wurde das Wetter wieder zärtlich und
schön, solcherart,
als wolle es sich wieder einschmeicheln

Im Träume *fuhr ich nach Art von Miss Marple auf den Spuren des Sägemörders nach Celle. Mit Rehlein besuchte ich dort einen düsteren, eher warenlagerartigen Laden und plötzlich vermisste ich meine Schuh! Sie staken einfach nicht mehr an den Füßen. Rehlein war sauer und schimpfte.*
"Ja,ja, Duuu und der Wolf!" nahm ich ihr die Worte, die unausgesprochen, jedoch äußerst sämig in der Luft schwebten einfach aus dem Munde, als der Wecker schellte.

Abends radelte ich auf Rehleins neuem roten Rad, wo man so herrlich auf frischen und jugendlichen Reifen davongetragen wird, herum. Es war so schön sonnig geworden, und ich fuhr 15 Minuten lang Richtung Leer, und freute mich besonders an den flirrigen Pappeln, die mich an Buzens Gemälde erinnerten.

Samstag, 12. Juni

Meist schwebte direkt über Aurich
eine großformatige graue Wolke

In den Ostfriesischen Nachrichten las man heut, groß aufgemacht gleich auf der Titelseite, daß sich in Aurich ein Sexgangster herumtriebe. Man kann's nicht fassen: In der Glupe, direkt hinter unserem Hause, lief einer!

Doch beim genaueren Studium der Zeitung entpuppte sich das Ganze als harmlos: Ein Herr hatte lediglich eine Achtjährige gefragt, ob er sexuelle Handlungen an ihr vornehmen dürfe, bzw. ob sie welche an *ihm* vornehmen würde – selbstverständlich gegen Cash - und als das Mädel „nein danke" sagte, da lief er halt weiter, um die Nächste zu fragen.

Somit war's ja gar kein Sextäter, wie in der Überschrift zu lesen war, sondern bloß ein Sexfrager! ***Sexfrager lief am hellichten Tage durch Aurich!*** hätte die Zeitung somit titeln müssen.

Abends rief ich Rehlein in Ofenbach an.

Ich erfuhr, daß Mobbl stark abgebaut habe, und durch Rehleins Worte offenbarte sich mir das Bildnis eines verglimmenden Lebenslichts. Ich wage kaum zu hoffen, daß wir die Omi Mobbl heut in einem Jahr noch haben, und wehmütige Gedanken an meine süßeste kleine Oma lagen drückend über dem Abend.

Sonntag, 13. Juni
Aurich – Bad Schwartau

Sonnig

Zum Frühstück schaute ich mir einen Film an, der mich sehr ansprach:

Ein alternder Herr verliebte sich in eine ölige Schönheit und heiratete sie, doch glücklich wurde er leider nicht, weil sie ihn schon bald betrog…na typisch! Ein Film, wo einem Menschen wie Buz angst und bange hätte werden können, da er die unbequeme Botschaft barg, die alteingesessene Ehefrau sei letztendlich doch die Beste. Sich die verlorene Jugend in Form eines schmückenden Blödchens an Land zu ziehen, funktioniert meist nur kurz.

Ich schrieb Rehlein einen Brief im Stile von Ute M.: "…und suche mir ein Prachtexemplar von einem Mann! Olala!"
„Es macht so viel Spaß, zu schreiben wie Ute M. und vielleicht sollte ich immer so schreiben, weil mir dann so viel einfällt", schrieb ich ein wenig augenzwinkrig, und legte den Brief auf Rehleins Bett.

Dann wurden meine OCD*-Gedanken abreisebedingt dichter: Die Wahnblasen unter meiner Schädelkalotte blubberten auf, und kannten gar kein Maß mehr. Am Ärgsten war´s, als ich unumkehrbar in dem verfrühten Rufbus saß, in welchem ich als einzige Insassin nach Leer gebracht wurde: Jetzt nagte die Idee an mir, daß bei uns eingebrochen würde. Mein ganzes Geld und die Sparbücher würden geraubt. Doch schlimmer als der Verlust des Geldes würde mich Rehleins Gram darüber treffen.

Die ganze Zeit marterten mich diese nicht unrealistischen OCD-Gedanken, und dabei hätte es in Leer so schön sein können: Die Sonne schien, und ich gönnte mir sogar ein Frühstück bei einer sehr verträglichen, netten Frau im Stehcafé. Ich aß ein Schokocroissant, trank Kaffee, und las in der BILD über jene Mutti in der Ex-DDR, die ihre drei Säuglinge tiefgefror. Ein Geschehnis, das man als lesender Bürger irgendwie gar nicht so recht an sich heranlässt, weil man zu den tiefgefrorenen Säuglingen doch praktisch gar keinen Bezug hat.

Ich zumindest kaum mehr als zu einem tiefgefrorenen Hühnchen. (Leider.)

*Wahnblasenbildungen im Gehirn

Montag, 14. Juni
Bad Schwartau – Aurich - Remels

Sonnig

Heut würd´ ich zwar nach Aurich reisen, und meine Ersparnisse, so Gott will, hoffentlich noch rechtzeitig auf die Bank retten, doch mein Leiden hat trotzdem keine Ruhe gegeben, und schon wieder schob sich ein saurer OCD-Gedanke dazwischen: Nämlich der Folgende: Wenn ich dann endlich mit 24 stündiger Verspätung in Ofenbach eintreffe, dann ist Mobbl schon verstorben, und Mobbl hatte sich doch schon so auf mich gefreut!

Einer vergifteten Sahnehaube gleich, setzte sich sogar noch eine ganz häßliche Idee obendrauf: *In Aurich angelangt stelle ich fest, daß ich zu spät bin. Der Einbruch hat schon am Sonntag stattgefunden, und in Ofenbach bin ich dann auch zu spät.*

Jetzt aber schob ich die sauren Gedanken beiseite, weil das Frühstück bei der Familie L. immer so schön ist.

Mit dem Bruno sprachen wir darüber, wie das Leben nun doch unaufhaltsam immer moderner wird: Alles kann man sich aus dem Internet zapfen: z.B. sogar die neuesten CD´s!

Immer ferner rücken jene ergreifenden Zeiten aus dem Schatzkästlein der Erinnerungen: Wenn der Vater von der Arbeit zurückkehrte und einen ganz verschmitzten Ausdruck auf dem Gesichte trug:

„Papa, hast du uns was mitgebracht??" riefen die Kinder.

„Hm. Das kann schon sein, daß ich eine kleine Überraschung dabei habe…."

Eine Schallplatte! Die Familie war ganz aus dem Häuschen, und man konnte es nicht erwarten, die Platte aus der festlichen Hülle zu schälen, die Grammophonnadel aufzusetzen. Das Knistern, die ersten Akkorde am Klavier, der unsichtbare astor-

gerötelte Mund einer Dame, der sich zum Gesange öffnete....

Über Andre Rieu, der wirklich nett zu sein scheint, sprachen wir auch: Seine Bänd, die aus ganz gewöhnlichen Musikstudenten besteht, führt ein Jetsetdasein, das schon nach kürzester Zeit einen schalen Nachgeschmack nach sich zieht: Man reist unentwegt durch die ganze Welt, bloß um einen Klangteppich, bestehend aus Achteln oder lang ausgehaltenen Tönen für den Wundergeiger, nein, Zaubergeiger zu weben.

Doch Andre Rieu lässt sich immer wieder kleine Aufmerksamkeiten einfallen, um die jungen Leute bei Laune zu halten: Im Flugzeug war er's, der das Essen servierte, und einmal kaufte er wie im Rausch für das ganze Orchester Badeklamotten, damit man sich vor dem Konzert in einen erfrischenden Schwimmingpool stürzen konnte.

Vati Rüdiger mit seinen abstehenden, flammenden Haarresten erzählte, daß die Leute ihm am Telefon durch den Hörer immer so viel unnötige Information rüberreichen würden. Eine Frau erzählte z.B., daß ihre Tochter grade auf Klassenfahrt sei. Manche Leute bringen vier kleine Kinder in die Geigenbauwerkstätte mit, die dann überall an allen Ecken und Enden Unfug treiben: z.B. Zöpfchen aus Bogenhaaren zu flechten.

Ich riet, unten an der Türe ein Schild mit einem Kind anzubringen: „WIR müssen leider draußen bleiben!"

Dann hat mich der Rüdiger auf den Zug um 10 Uhr 3 gebracht. Wenn ich etwas älter wäre, dann hätt ich jetzt wahrscheinlich geschrieben „gebrungen" um den Lustigkeitspegel in diesem Diarium ein wenig aufzupeppen. Ich spürte es direkt im Stift jucken.

Unterwegs im Auto erzählte der Rüdiger interessante Geschichten über Ulrich von Wrochem, einem alten Spezi Buzens:

Als Ulrich von W. mal im Schloß Elmau zu konzertieren hatte, wurde ihm vor dem Konzert in einer Telefonzelle der Frack geraubt! So hüllte er sich in ein schwarzes Flügeltuch, aus welchem er dann wie ein kleines Teufelchen nackt ins Publikum gehupft ist.

Zu seinen Quartettproben kam er grundsätzlich immer zu spät, und eines Tages, nach vielen, vielen, vielen Jahren des kontinuierlichen Zuspätkommens, erhob sich die Primgeigerin Christiane Edinger zu Beginn der verspäteten Quartettprobe, und sagte fest und sachlich im Tonfall: „Die Zusammenarbeit ist hier und heute für immer beendet!"

(Dieser Satz gefiel mir.)

Der rührende Rüdiger brachte mich noch auf den altertümlichen Bahnsteig Richtung Hamburg, und dann eilte er mit seiner federförmigen Frisur wieder die Treppen hinan und entzog sich meinen Blicken.

Am Abend radelte ich wieder mit Rehleins Radl durch den warmen Sommerabend in Ostfriesland.

Einmal setzte ich mich auf eine malerische Holzbank vor der Bagbander Mühle, und dachte an Opa und Mobbl, weil mich die geballte Kraft der Abendsonne so an deren lang vergangene Jugend im Schwabenland erinnert hat.

Ich nächtigte in einem Hotel in Remels.

Dienstags 15. Juni
Remels - Aurich

Nur Mittags plötzlich weiße Kumulusbewölkung. Sonst wunderschön

Erhoben um 4

Obwohl ich mich eben erst an die Bettschwere gewöhnt hatte, stand ich doch freudig auf. Der Hotelier hatte mein Rad wie versprochen in den Flur gestellt. Wie so oft waren all meine Sorgen unbegründet gewesen, und mein Abenteuer konnte beginnen: Fahrbeginn 4 Uhr 27 hatte ich mir notiert und radelte schnell zu, damit meine Pünktlichkeit nicht verwässert würd´.

Alle halbe Stund hielt ich an und machte mir eine kleine Notiz, was in dieser halben Stunde jetzt alles passiert ist.

Erstmal war der Tag nur ein klein wenig hellsilbern entrollt und man sah ganz viele örtliche Frühnebel herumliegen.

Die Kühe waren alle schon wach, und schauten gut- bis gleichmütig auf mich drauf.

Einmal konnte ich mein Glück kaum fassen: Mit einem riesigen goldenen Dotter am Himmel kündigte sich der Sonnenaufgang an.

Und ein andermal passierte mir eine Peinlichkeit: Nachdem zwei Schülerlotsen ihr Schutzseil wieder sinken ließen, überquerte ich einfach bei Rot die Ampel.

„Tolles Beispiel!" höhnte einer der Lotsen hinter mir her.

Später mußte ich noch darüber nachdenken, daß dies ein Gen Buzens in mir gewesen ist, das da zu Wort kam, da Rehlein und Ming so etwas nie und nimmer passiert wäre.

Meine Gesundheit wurde etwas schlechter: Rasende Kopfschmerzen und rotangesengte Handrücken.

Mittwoch, 16. Juni
Aurich - Grebenstein - Nürnberg

Sonnig. Etwas stickig.
Kurz vor Nürnberg intensive, fast schwärzliche Bewölkung, durch die einmal die Sonne hindurchschimmerte: Nach Art eines Lächelns auf dem Gesicht eines kohlrabenschwarzen Mohren

Erhoben um 4

Ich mit meiner angeknacksten Gesundheit, verschleimten, nässenden Augen und hinzu noch dem von der Sonne rotgebratenen Gesicht das ausschaut, wie mit Frau Husenbeths Bronzetönung bequastelt, erhob mich in die zweite Junihälfte des Jahres 1999 hinein.

Augenblicklich beflutete mich der Jammer über Mobblns verglimmendes Lebenslicht, gepaart mit der Sorge, ob Rehlein nun die paar schönen Jahre, die ihr noch bleiben, als Altenpflegerin tätig sein muß?

Im Bus schlummerte ich die meiste Zeit, und fühlte mich dabei warm und geborgen, so daß mir die ganze Welt ganz klein und geschrumpft schien.

Schlummernd dachte ich mir aus, *wie man jemanden, der einen in der Anonymität der Masse anbarscht: „Passense doch auf!" theoretisch auf seine groben Worte festnageln könnte: „Seien Sie doch nicht so barsch! Ich bitte Sie!" und wie der Aufgebarschte sodann einem knurrenden Köter gleich den Schwanz einziehen muß.*

Doch in Wahrheit benehmen sich die Reisenden untereinander oft geradezu lächerlich schüchtern, was ich sogar an mir bemerke: Manchmal murmel ich etwas, das ich selber nicht verstehe´, und hinzu mit einem entschuldigenden Lächeln, das besagen könnte: „Verzeihen Sie! Ich bin intellektuell einfach noch nicht ausgereift!" .

Als ich dann in dem ICE mit den ekelhaft ungeputzten Fenstern voll getrockneter Dreckrinnsäle saß, griff eine verscheuchte Frau mit den hastig und unnatürlich dahingeworfenen Worten „darf ich??" nach dem kleinen Fahrplan auf dem Tischchen vor mir, und ich hätte theoretisch ausrufen können. „Ja. Sie! Ich hab doch noch gar nicht gesagt, daß sie dürfen!"

Unter uns Reisenden herrschte ein gewisser, wenn auch verbindender Tumult, da ein neuer Zug eingesetzt worden war: Ein viel zu kurzer, wie sich herausstelltte, denn mehrere Fahrgäste mußten stehen. Eine Seniorin schmetterte markant zwei Klischées in den Raum: „Öfter mal was Neues..." und „wenn einer eine Reise tut..."

Ich besuchte meine Omi, und las ihr ein wenig aus der Bildzeitung vor: Z.B. über den „Rosa Riesen", einen fünffachen Frauenmörder aus Beelitz bei Berlin, der 1991 zu 15 Jahren Psychiatrie verurteilt worden war. Vielleicht kommt er im Jahre 2001 schon wieder frei, mutmaßte ich, und macht dort weiter, wo er aufgehört hat? Dann darf ich allerdings den Onkel Hambum in Potsdam nicht mehr besuchen.

Hernach gab es bei uns Tee. Es dauerte seltsam lang, bis alles hergerichtet war, und die Omi wunderte sich darüber.

Dazu aßen wir röstbare Doppeltöster mit Butter & Honig. Einmal wurde ich so müd, daß ich auf Omis

Sofa in einen zehnminütigen, tiefen Schlummer versank.

Die Omi hatte ich vor dem Losschlummern noch gebeten, mir etwas zu erzählen, damit sich ihre Erzählung in meine Träume verweben möge.

Sie, am Tische sitzend, erzählte mir von einer anderen Freundin vom Onkel Eberhard, die auch Uschilein geheißen hat, und der Onkel, von dem man damals allerdings noch nicht gewußt hat, daß er mal Onkel wird, und somit auch noch nicht in der Onkelform von ihm sprach, hat von ihr ein Handkettchen mit der Aufschrift „Uschi" erhalten.

Doch die Omi war da knallhart: Sie schmiss das Kettchen weg, weil es sie so an eine Handschelle erinnert hat.

Die Omi war ein bißchen traurig, daß ihre Helferin Babette, das dumme Ding, sich verspätet hatte, weil sie doch so gerne zum Bahnhof mitgewackelt wäre.

Nürnberg:
In der Operncafeteria wartete ich auf die Veronika. Zwei riesige Putzfrauen stritten sich wüst.

Donnerstag, 17. Juni
Nürnberg - Ofenbach

Am Anfang sonnig. Dann bewölkt

Geträumt hatte ich ganz viel: *z.B., daß ich einen kleinen Nagel geschluckt habe, der sich jetzt empfindlich ins Fleisch meiner Luftröhre bohrte, so daß ich nur mit Mühe Luft bekam. Die Linda wollte mir grade Komplimente machen, daß ich so viel geübt habe, aber ich lag nun auf dem Boden und rang an meinem Leben herum*

Dann war´s am Morgen schon so spät!
Die Veronika saß mit den Kopfhörern an ihrem E-Piano und musizierte unhörbar vor sich hin. Nur das stumpfe Klappern der Tasten hörte man.
Als Entschuldigungsgestammel hatte ich mir schon Worte zurechtgelegt: „Jetzt wär´s mir fast so gegangen wie dem Opa in Bangkok!"
Aber eigentlich könnte einem doch nichts Besseres passieren: Man versinkt so tief in einen Schlummer hinein, aus dem man nie wieder aufwacht.
Die Veronika hätte Rehlein anrufen können, um zu verkünden: „Es ist etwas ganz Trauriges passiert: Die Franziska ist gestorben!"
Doch Rehleins Persönlichkeit ist, grad wie auch jene von Mutti Himstedt, so gewoben, daß sie zwar bei Kleinigkeiten übertrieben hysterisch reagiert – passiert aber mal etwas wirklich Durchdringendes, so bleibt Rehlein ganz ruhig und unternimmt nur die klügsten und überlegtesten Schritte.

Rehlein wird sagen: „Ja, dann rüttel sie doch bitte schnell wieder ins Leben zurück! Und bitte nicht so zaghaft!"

Doch nichts dergleichen war geschehen.

Wir setzten uns zum Frühstück nieder, das bis in den Mittag hineinschwappte.

Die Veronika hatte köstliche Brötchen gekauft, und hinzu noch ein Glas Salabim extra für mich!

Mein Brötchen sah an einer Stelle aus, wie der ausgeleierte welke Po einer alten Dame.

Die Veronika überlegt derzeit auch, sich einen PC anzuschaffen.

Nachtrag 2021: Hat noch immer keinen!

Nicht nur um Rehleins Früchtebrotbriefe zu empfangen, sondern auch, um mit anderen einsamen Herzen via Bildschirm plaudern zu können.

Ich erzählte der Veronika sehr plastisch, wie es Buzen und mir neulich im Theater erging: Daß wir wie zwei einzelne Figürchen auf dem Halmaspielfeld einfach stehen blieben. Buz war schon voller Vorfreude, daß er vielleicht gleich von irgendjemandem begrüßt und beplaudert wird, und nette Worte die anzubringen wären, hatte Buz sich auch schon auf die Zunge gebettet: Z.B., daß es schade sei, daß heutzutage nur noch so wenige Menschen ins Theater gingen.

Doch kein Mensch beachtete Buz und mich.

So, wie es der Veronika in Nürnberg schon seit je her geht.

Wenn sie beispielsweise auf irgendeiner Gesellschaft mit einem Herrn eine Plauderei anzettelt, tritt augenblicklich die hinzugehörige Beziehungskistenhälfte hinzu, hakt ihn unter oder klopft ihm einen kleinen, unsichtbaren Schuppenregen von seinem Schulterblatt herab.

Nett gegenüber der Veronika wäre es somit, wenn der Herr seine unterhakelnde oder stäubende Freundin entrüstet abschüttelt und barsch: „Du siehst doch, daß ich mich mit der Dame unterhalte!" oder gar: „<u>Sie</u> sehen doch, daß ich mich mit der jungen Dame unterhalte!"

Auf dem Lorenzplatz traf die Veronika eine Bekannte aus dem Operngraben, die jetzt einen Kinderwagen schiebt. Aus dem Kinderwageninneren plärrte uns ein zahnloses Baby an. „…Kommt man nicht mehr zu einem ungestörten Einkaufsbummel!" bedauerte die junge Mutti, doch ihre stolze, freudige Ausstrahlung sprach eine gänzlich andere Sprache.

Österreich:
Beinah wäre ich bis nach Payerbach-Reichenau gefahren, weil die Ausstiegstüre klemmte. In blinder Panik mußte ich mit meinem vielen Gepäck eine Türe weiterhetzen, und da stand der nunmehr 35-jährige Ming in kurzen Tuchhosen und hager gewordenen Schwarzwälder Beinen.
Ofenbach ohne Lindalein!
Das drückt auf's Gemüt.
Daheim lag die Omi Mobbl bereits im Bett.

Leider ist die Omi ganz dünn geworden. Und dies nachdem man ein ganzes Leben lang vergebens versucht hatte mal fünf Kilo abzuspecken.

(„Mein Mann isst´s, und ich setz es an!" pflegte Mobbl einst zu scherzen.)

Zu später Stund´ feierten wir oben noch Mings Geburtstag.

Zum Schluß sangen wir den Bloserkanon, den ich erfunden hatte, als ich mal vor der abgeschlossenen Türe in der Musikhochschule auf meinen Klavierlehrer, Herrn Bloser wartete: „Wo ist Herr Blo-hoho-hohohohohoser, wo ist Herr Blo, Herr Blo, Herr Blohohoser?"

Freitag, 18. Juni

Trostlose, dunkelgraue Kumulusbewölkung.
Abends lieblich aufgemildert.
Risse in der Wolkendecke, aus denen Gold flutete

Meine Nasenlöcher waren schnupfversogen, und ich beschäftigte mich die ganze Zeit mit Mobbln, jenem vor fast hundert Jahren von der Uroma und einem unbekannten Herrn gezeugten und heute verglimmenden Lebenslicht – der Oma, die wir so lieben.

Ming tippte einen Brief an die Linda, doch ich durfte ihn nicht lesen, weil er zu säuselig sei.

Einmal sinnierte ich: „Was einem im Laufe eines langen Lebens so wiederfährt: Wüste Beschimpfungen, Liebesgesäusl…und vieles mehr."

Der Opa mit der Ausstrahlung eines alten Orang-Utans, war heut so gut drauf, und lernte sogar chinesisch. Vielleicht weil Rehlein immer noch die selbe magische Ausstrahlung auf ihn hat wie damals als Zweijährige, als sie morgens „dabinse!" zu sagen pflegte?
Rehlein wirkt auf den Opa wie ein Jungbrunnen.

Wir sprachen über die Tante Irma, die ja bald Oma wird. Dann heißt sie nur noch Orma, wagte ich einen Scherz im Stile vom Armand, und repetierte ihn sogar noch zweimal. Doch keiner hörte auf mich.

An der Kapelle auf dem weichgeschwungenen Hügel hinter unserem Haus besuchten wir die Grabstätten von Hans Jeitler, Frau Rasinger und dem Ilslein, und bei jenen die ich noch (!) nicht kannte, rechnete ich in der Art, wie man nach dem Glück des Anderen schielt, ein wenig herum, ob sie älter oder jünger geworden bzw. geblieben sind als Mobbl.
Ming und Rehlein stiegen auf den Kirschbaum und auf dem Heimweg steckten sie mir Kirschen zu, als seien's Almosen.

Daheim freuten wir uns, weil es Mobbln besser zu gehen schien: Sie bekam wieder Appetit, und ihre Stimme kehrte zurück.

Bis jetzt hat Mobbl allerdings noch keine einzige Gerswindgeschichte erzählt.

Dem Lindalein gefällt's bis jetzt in Amerika nur „es geht". Manches sei gut, anderes weniger, gab Ming vorsichtig weiter, da das Lindalein, seitdem es wieder in Amerika ist, nur noch auf diese leicht anämische Weise, die leider nicht viel aussagt, und sich auch auf dem Papiere dürftig ausnimmt, kommuniziert.

Samstag, 19. Juni

Zärtlich sonnig

Die kleine Johanna kam zu Besuch, um Kirschen für die Geburtagstorte für ihren Bruder zu pflücken.

Ich fand das Sommersprossen besprenkelte kleine Mädchen mit dem linealgraden, geflochtenen Zopf sehr niedlich.

Sogar an das Moribundenbett mit unserem kleinen verglimmenden Sonnenschein durfte sie treten.

Mitfühlend erkundigte sich Mobbl mit letzter Kraft nach der Schipflinger Christa, von der es heißt, sie sei krank und läge im Spital.

„'N schönen Gruß auch!" sagte die Johanna artig auf schriftdeutsch, als die Rede kurz, aber ohne wirklichen Tiefgang zur Irene hinüberschwenkte.

Der Opa bändelte ein wenig mit der Hilfsschwester an, indem er sie darauf ansprach, warum ständig andere Schwestern kämen?

„Da muß man sich dauernd umgewöhnen. Kaum ist man leicht verliebt!" sagte der Opa.

Ein Gedicht auf die Oma hat der Opa heut' auch schon gemacht, doch die Oma ist viel zu lethargisch und schwach, um sich darüber zu freuen.

Früher ist meine Frau
vor Leidenschaft verbruzzelt,
doch jetzt ist ihr Gesicht,
aus dem Leiden gafft, verhuzzelt.

Es gab Spaghetti und Spinat, und wir schickten unsere Gedanken nach Aurich zu unserem einsamen Familienoberhaupt.

„Ob er sich wohl etwas kocht?" frug sich Rehlein mitfühlend.

Eine Frage, die ich Buzen dann später brühwarm am Telefon stellen konnte. „Ja...." log Buz verlegen, und man spürte durch den Hörer, wie seine Nase von diesen Worten lang geworden ist.

„Ich koche mir manchmal einen Kaffee," sagte er schnell, weil ich ja nicht so streng wie die Mama bin, und Buz nicht so gerne lügt.

Oftmals besuchte ich Mobbln, doch mit ihr war nicht mehr viel anzufangen. Meist schlummerte sie, und mir blieb nicht viel Anderes übrig, als hilflos an Mobblchens welkem Armspeck herumzubusseln.

Auch der Opa setzte sich hin und wieder zu seiner großen Liebe, doch die beiden können schon nicht mehr miteinander kommunizieren. Mobbls Sprachbatterie scheint leer, - d.h. das dünne Stimmchen könnte man nur noch mit der Lupe hören, und der Opa hört nichts mehr. Zuweilen füllen sich meine Augen mit Tränen, weil man den decreschendierenden Lebensrest einfach nicht fassen kann.

Alle beschönigenden Wortübertünchungen können nicht darüber hinwegtäuschen, daß Mobbl, einst eine strahlende Schönheit, nun eine Greisin geworden ist, die schon sehr am Rande des Grabes wackelt.

Um 18 Uhr packte ich die Violine ein und joggte los.

Auf Poppis Anwesen wurde grade eine Feier gefeiert, und die Bäume hatte man mit Lämpchen geschmückt.

Der Poppi, unser Nachbar - ein Millionär mit goldenem Herzen, veranstaltet viermal im Jahr eine große Feier, weil er so viel Geld hat. Dann lädt er alle möglichen Leute ein, und so konnte ich mit meinen lächerlich hüpfenden Milchbunkern natürlich nicht an den Feiernden vorbeijoggen, und hurtelte somit am Marterl vorbei über das Feld, solcherart als stürme man auf ein rettendes Ufer zu, und durch den einsamen Wald, - mich an die Rübezahl-

Fantasien meiner Jugendzeit erinnernd - über den Ofenbach.

Daheim legte ich Mobbln die Goldbervariationen ein, und bekam schon wieder Tränen in die Augen beim Gedanken, Mobbl könne bei dieser schönen Musik für immer entschlummern.

Bevor ich mit Rehlein zum Spaziergang aufbrach, frug Mobbl nochmals mit letzter Kraft und wissendem Unterton über Mings Verbleib: „..bei der Gerswin?" und beim Spaziergang frug ich mich, ob am Ende gar das letzte Wort, das Mobbl in diesem Leben gesagt hat, das Wörtchen „Gerswin?" war?
(„Ihr Leben endete mit einem Fragezeichen", müsste dann in der Chronik stehen.)

Abends hat Mobbl schon noch gelebt gehabt.
Ich schmierte Mobbln ein Schwarzbrot mit Käse und zerschnitt´s in viele kleine mundgerechte Quadrate.

Sonntag, 20. Juni

Ein wunderschöner Sommertag

Am Morgen herrschte höchste Alarmstufe: Mobblns Gebiss war verschwunden.
Ming hatte mit dem Frühstück auf mich gewartet und klimperte am Computer an einem Sülzbrief an

das Lindalein herum, den ich leider schon wieder nicht lesen durfte.

Nach einer Weile lockte mich Rehlein zum Spaziergang, weil es geheißen hat, es käme der Herwig.
„Heirate den Herwig!" flüsterte Mobbl mit letzter Kraft als ich mich von ihr verabschiedete.

Im Musikzimmer entdeckte ich einen kleinen Computerdruck mit Bildchen, den der Heiner liebevollst über den Werdegang vom kleinen Marius gebastelt hat. Der Heiner hatte ein Foto vom Rainer mit den Zwillingen aus dem Jahre 1962 und eines mit Omi Antje und dem kleinen Marius aus dem Jahre 1999 nebeneinandergeklebt, und vielleicht etwas unlogisch, gleichsam aber sehr lustig unter die Bilder geschrieben:
„Damals mit dem Vater" und „Heute mit der Mutter".

Als der Herwig dann kam, hatte er unabhängig vom Begrüßungskuß wieder so eine indifferente, leicht grämliche Ausstrahlung.

Die Sommerstimmung war so wunderschön, daß wir uns zum Mittagessen sogar ein kleines quadratisches Tischlein-Deck-Dich in den Garten gestellt haben. Es gab eine köstliche Gemüsesuppe – aber zweierlei war an diesem Essen nicht so schön:

Die große Hitze von oben herab, und die dröge, wenig inspirierende Unterhaltung. Einen zweiten Gang gab´s auch: Ägyptische Spiralnudeln mit einer Tomaten-Knoblauch-Soße.

Ich trug eine Tuchhaube aus Mallorca, die nur lose auf meinem Haupt saß, da selbiges zu groß dafür schien, und die welke Haube hinwegzusprengen drohte.

„Die ist für Spatzenhirne!" versuchte ich auf eine dröge Art geistvoll zu sein.

„Vielen Dank!" sagte Rehlein, weil´s ja ihre Haube ist.

Ein brummendes kleines Flugzeug, das einen Schweif aus Buchstaben hinter sich herzog, flog über Ofenbach: „Poppis Fete!"

Als der Abend daher schlich, besuchten auch Rehlein und ich Poppis Fete. So unendlich viele, ans Wiener Opernpublikum erinnernde, schick herausgeputzte Gäste waren geladen.

Rehlein fühlte sich in dieser Gesellschaft etwas verlegen, und wir aßen beide unter dem riesigen Zelt ganz für uns. Wir waren beide traurig, weil Mobblns Lebenslicht nun so verglimmt wie eine Kerze am Tannenbaum.

Später liefen wir mit dem Opa durch das kleine Knisterwäldchen zu Poppis Feier hin. Wir hielten den Opa so fest am Henkel, auf daß ihn uns der Gevatter Tod niemals entreißen könne, und setzten uns zu einer Gruppe Feiernder, die schon ein wenig angeheitert schien. Der Poppi war so rührend um unser Wohl besorgt, und brachte uns je einen Kirschstrudel und ein Glas gut gekühlten Wein.

Montag, 21. Juni

Plätschernder grünlich tropischer Regen,
der den ganzen Tag anhielt

Ich frug mich, was den Poppi wohl dazu bewegt, sich 180 Gäste einzuladen, von denen man doch dann im Einzelnen gar nichts hat?

Der Poppi ist sehr wohltätig veranlagt, und liebt es, sein Grundstück in eine monumentale Opernbühne zu verwandeln, und eine Riesenherde anonymer Gestalten zu verköstigen und zu bewirten. *Demnächst macht er es auch für die armen Obdachlosen, da der Poppi für seine Herzenswärme, Fantasie und Menschlichkeit weit über die Grenzen Ofenbachs hinaus bekannt ist.*

„*Poppis Obdachlosenfete*".

Mitten in unser Mittagessen hinein ereilte uns ein Anruf von Onkel Dölein aus Übersee. Der Onkel ließ fragend anklingen, ob man wohl damit rechnen dürfe, die Omi Mobbl noch lebend anzutreffen?

„Na freilich!" sagte ich frohgemut.

Abends sprach der Opa beständig davon, daß er nach Baiersbronn müsse, um sein Grundstück zurückzufordern, das sich jemand unrechtmäßig unter den Nagel gerissen habe.

Dienstag, 22. Juni

Windig grau
wie das Regentropfen-Prelude von Chopin

Immer wieder lasse ich die Gedanken zum Sommer 1910 zurückschweifen, als uns der Storch unsere süße Oma gebracht hat.

Am Vormittag ist wieder jene nette möbelpackerartige Helferin hier gewesen, mit der wir uns schon angefreundet haben, da sie immer ein paar Kaffeepralinen mitbringt.

Die arme Frau hat's wirklich arg erwischt, könnte man meinen: Zwei dick aufgepumpte Rettungsreifen um die ohnehin fast sumoartig aufgedunsene Figur, die pellwurstartig in die weiße Helferskluft gefüllt sind, strähnig blassblondes Haar und ein schadhaftes Gebiss (sogar eine Goldkrone in der Lächelzone).

Doch was für eine warme und freundliche Ausstrahlung!

Am Vormittag kam der Dr. Bogad behenden Schrittes mit seinem Arztköfferchen.

Der Doktor wird derzeit von innerem Stress gepeinigt:

Auch seine zweite Frau droht ihn zu verlassen, weil er eben nie Zeit für die Familie hat, und der Doktor hat´s doch schon mal erlebt, daß ihm eine Frau durchgegangen ist wie ein Gaul, und ist daher doppelt sensibilisiert...

„I wüüi määine Kijnder oofwouchsn sehn!" sagte er beispielsweise, doch es klang ein bißchen so, als sei ihm dieser Passus in abgewandelter Form von seiner Frau eingehämmert worden. Ich will meine Kinder aufwachsen sehen

Mobbl war viel wackerer als sonst, weil doch der Doktor so eine wundervolle Wellenlänge auf sie ausströmt, und versuchte gar, dem vom Verlassenwerden Bedrohten Mut zu machen, und sagte: „Ich bin altmodisch. Ich finde, eine Frau gehört zu ihrem Mann!"

Doch die Worte einer alten Damen haben die Nadeln im Po des Doktors nicht vertreiben können.

„Das sagt man so. Doch die Zeiten haben sich geändert!" (sagte er)

Dem Opa machte ich bzgl. des Moribundentums ein wenig Mut.

Man muß sich ja ständig vor Augen halten, daß „das Alter" für den Opa ein noch verdrießlicheres Thema ist als für mich, da er ja mittendrin steckt!

Man solle sich mit dem Alter anfreunden, riet ich naseweiß, denn „das Alter ist im Alter unvermeidlich", und auch der kleine Marius wackelt vermutlich heut in hundert Jahren, wenn überhaupt, nur noch als kleines, verglimmendes Lebenslämpchen in irgendeinem Altersheim herum?

Lustig wäre gewesen, wenn der Heiner auf die Geburtsanzeige geschrieben hätte „der Storch hat einen kleinen Opa gebracht", denn in einigen Jahrzehnten wär´s dann vielleicht wahr.

Beim Mittagessen bündelte ich all meinen Schwung, den ich vielleicht noch habe, und gab mir große Mühe, Fröhlichkeit zu empfinden, da ich ja sonst immer quer am Leben vorbeilebe! Trotzdem füllten sich meine Augen bald wieder mit Tränen, und ich mußte um Mobbl weinen, weil´s geheißen hat, der Doktor habe Rehlein keine großen Hoffnungen gemacht, unsere Oma könne den Onkel noch erleben.

Wieder zeigte sich, wie stark Mings psychologisches Gespür nachgelassen hat, weil er sich den Grund meines Kummers gar nicht zusammenreimen konnte. Ming frug:

„A-Sann! Was ist?" grad so, als wolle er mich dazu animieren, mit eventuellem Liebesgram, der ja bei reifen, ledigen Frauen beständig vermutet wird, herauszurücken.

Während des ganzen Mittagessens weinten Rehlein & ich, weil wir um Mobbl schon vorgetrauert haben.

Bald, so hieß es, würde Ming den Herwig abholen. „Schon wieder?" stöhnte ich, so, als wolle ich mich auf Mobblns Thron setzen. Ming schaute mich fassungslos an, weil´s ja so mehr oder minder ein

Punkt ist, auf welchem Ming mich immer zu „fassen" gedenkt.
„Kaum zu glauben, daß der Herwig schon wieder kommt, um unsere Idylle zu stören!" fügte ich noch hintan.

Rehlein erzählte, wie man´s heut vor 50 Jahren kaum erwarten konnte, bis das neue Geschwisterchen endlich da ist.
Wie geschaffen für eine Broschüre zur Eisernen Hochzeit, hat Rehlein ein so schönes Foto von Opa und Mobbln geschossen..
Ich scherzte den Opa an, daß man mit diesem Foto lauter Einladungen zur Eisernen Hochzeit verschicken könne: „...laden wir Sie herzlich am Sonntag, den 4. Juni 1999 um 16 Uhr zu unserer eisernen Hochzeit ein" U.A.w.g. bis zum 25. Mai...
bloß ist doch bereits der 22. Juni!

Auf dem Heimweg vom Spaziergang begrüßten wir den Artus, der sein warmes Hundehaupt so nett durch das Gatter steckte und uns nachschaute, bis man uns nicht mehr sah.

Am Abend hat Mobbl mich noch so süß angelächelt.
Der Opa rief: "Erika! Ich geh jetzt ins Bett!" und dabei hatte er uns schon zweimal verabschiedet.

Mobbl lag im Bett und hörte Mings Chopin Prelùdes. Draußen hat man den Mond durch die

Wolken schimmern sehen, der eine so freundliche und milde Art ausströmte, als wolle er verkünden, daß Mobbl es in der besseren Welt schön haben würde.

Der Dr. Bogad habe Mobbl heut´ zum Abschied gesagt, er wünsche ihr eine paradiesische Zukunft.

Mittwoch, 23. Juni

Oftmals sehr schön,
nur gelegentliche Wolkenbildungen

Ich verbrachte eine so traurige Nacht:

Mir war ein wenig so zumute, als sei ich auf der letzten Seite des schönsten Kapitels in meinem Leben angelangt: Den 36 ½ wundervollen unvergesslichen Jahren mit Mobbln.

Ich malte mir aus, wie ich im „Musikalischen Sommer" zu nichts mehr nutz bin, da mir ein Leben ohne Mobbl schal und öde scheint. Wie lange man wohl Geduld mit mir haben mag, wenn ich nur noch heule?

Sogar beim Telefonat mit Buzen hab ich nur geheult.

„Du mußt nicht traurig sein. Die alten Menschen sterben nun mal!" sagte Buz, und in seinen Worten schwang ein loses „wird schon werden!" mit.

Landschaftsmitarbeiter Dirk hatte gemailt und mit „Gruß Dirk" unterschrieben. Ming war angewidert von dieser betont unherzlichen, kurzangebundenen Wortwahl.

Am Nachmittag empfand ich wieder etwas mehr Lebensbehagen, weil ich das Gefühl hatte, Mobbln ginge es besser, und außerdem war es so nett, mit dem Opa dazusitzen.

Rehlein erzählte uns die Geschichte vom „Barbier von Surabaya", den Buz einst konsultiert hat.

Der Barbier hatte beim Messerwetzen so eine unheilvolle Ausstrahlung, daß Rehlein bereits nach einem Stuhl Ausschau hielt, den sie dem mörderischen Barbier notfalls über dem Kopf zusammenhauen würde, wenn er Buzen in den Hals stechen sollte!

Der Opa hörte interessiert zu.

Dann erzählte ich von P.D. James, einer englischen Schriftstellerin mit ödematisierten Beinen, die dauernd Geschichten niederschreibt. Mit dem Erfinden habe sie überhaupt keine Probleme, höchstens damit, mit dem Niederschreiben Schritt zu halten, denn so schnell, wie ihr die Ideen zuflögen kann man kaum schreiben.

Abends erzählte ich, wie unser chinesischer Freund Xie sich auf Frau Reimers Geburtstagsfeier so furchtbar betrunken hat. Schon auf der Heimfahrt war ihm sooo schlecht, daß er sich ein Gelübbde ablegte, 14 Tage lang keinen Alkohol anzurühren.

Doch schon nach zwei Tagen liebäugelte der Hebefreund bereits wieder mit dem nächsten guten Tropfen.

(Auch ein potentieller Heiratskandidat von mir)

Donnerstag, 24. Juni

Herb bewölkt bis mild sonnig

Ich träumte, *daß ich mit Ming im Zug saß, und nun im Speisewagen all die kleinen Mahlzeiten bezahlte, die wir zu uns genommen hatten. Auf einmal waren wir in gleißender rosa Morgendämmerung in Freiburg. Ich trug einen strampelanzugförmigen, weißen Schlafanzug mit dem Emblem der Kreissparkasse, da es sich dabei um eine Treuepräsent handelte, aber auf meinem Nasenrücken fehlte mein Zwicker, der mir offenbar unbemerkt irgendwo hinabgehupft war, als ich vielleicht ganz geistesabwesend dasaß und grad überhaupt nichts gedacht hab, so daß ich mich nun bang frug, ob ich eventuelle Bekannte, wenn ich gleich in eine Bäckerei ginge, überhaupt erkennen würde?*

Ming suchte hochmotiviert an einem Foto von sich für das Konzert in Stockholm herum, und wühlte dabei tief in seiner Fotosammlung in der Schublade.

Dabei fand man ein altes Foto vom kleinen Philipp, der einst als Täufling in einem Taufkissen in den Armen von Patenonkel Ming abgelichtet wurde.

Am Vormittag waren sogar *zwei* Pflegerinnen bei uns:

Unsere neue Freundin Christine (die Möbelpackerliche) mit einer Helferin.

Rehlein versuchte die Gunst der Stunde zu nutzen, um dem Opa ein Quell des Behagens, sprich ein Vollbad einlaufen zu lassen, weil der Opa immer so charmant und nett ist, wenn Damen zugegen sind.

„Nachher!" sagte der Opa so wie stets.

„Nachher ist mir zu vage!" meinte Rehlein resolut.

Doch es nützte nichts.

Die Schwestern schienen Opas ganze Restjugendlichkeit eingetütet und mitgenommen zu haben, denn nun saß der Opa wieder grämlich auf der Eckbank, um mit dem Alter herumzuhadern, so daß einem nichts anderes übrigblieb, als sich mitfühlend neben ihn zu setzen und mitzuhadern, auch wenn ich mir dabei etwas deplaziert und undankbar vorkam, denn ich bin doch wenigstens noch ein bißchen jung, und sollte den Rest Gegenwart, der mir bleibt genießen!

Der Opa sagte: „Man macht tausend Fehler! Und wenn man die nicht machte, dann macht man tausend andere!"

Wenn ich zehn Minuten lang im Haushalt herumkrümel, so sieht man hernach von meinen Bemühungen kaum etwas, da sich der Opa nicht die geringste Mühe gibt, etwas nett und ordentlich zu hinterlassen. Meine Bemühungen versickern einfach im allgemeinen Chaos, so wie eine kleine Finanzspritze für einen verwöhnten Neffen, von der sich hinterher gar nicht mehr sagen ließe, ob der Neffe ohne das Geld nicht genauso gut oder schlecht über die Runden gekommen wäre?

Der Opa erzählte mir dann allerdings von früher in Frankreich, wo er die hübsche Marfa kennengelernt hat, die er theoretisch auch als Freundin hätte haben können. Sie gehörte Opas Freund Lourmée, und war demnach schon vergeben, doch später hat der Lourmée sie einfach sitzen lassen, weil er doch lieber die Tochter seines Chefs, einem reichen Zahnarzt, zur Frau nahm.

Unser ganzes Leben wäre anders verlaufen, wenn der Opa damals die Marfa geheiratet hätt! Sogar Rehlein wäre ganz anders geworden, und man hätte sich gefragt, ob sie´s überhaupt ist?

Und ich würde heute vielleicht sagen: „Meine Großmutter war Französin! Doch sie schlummert leider nunmehr schon fast 30 Jahre unter der Erde. Friede ihrer Asche!"

Mittags lief ich mit Rehlein zum Gasthof.

Wir begrüßten den Spitzohrhund Artus, der einen etwas niedergeschlagenen Eindruck machte, da er jetzt bei den unfreundlichen Niederösterreichern wohnt, die ihn den Hartls abgekauft haben.

Mobbl erzählte mir ihren heutigen Traum: Sie habe geträumt, daß Frau Privath zu Besuch gekommen sei. Um den Gast musikalisch zu verwöhnen habe

Mobbl meine CD eingelegt, aber Frau Privath glaubte, dies sei ein Untermieter, der übt und lärmt, und sagte demgemäß: „Das mit der Geigerei muß jetzt aufhören! Das ist ja fürschterlich!"

Freitag, 25. Juni

Bis in die Mittagsstunden hinein sonnig,
dann weißwölkig.
Abends ein atemberaubender Sonnenuntergang

Im Traume *tat ich vor dem Lindalein dran so, als würde ich mich rasend für Politik interessieren. Es lief der Televisor. „Oh! And now the politics!" rief ich beispielsweise aus, „I love it!!!"*

Es sieht so süß aus, wenn die Omi Mobbl ihre weichen Lippen dreiecksförmig über den Tassenrand stülpt. Wie ein ganz liebes Dromedar, das aus der Hand frisst. Aber ansonsten ist Mobbl ein Bild des Jammers! Dünnes, klappriges, ungeordnet scheinendes Gebein – ähnelnd dem Gehölze eines auseinandergebrochenen Sessels, liegt sie, so wie ein Fünfling im Brutkasten, im Bett.

Bevor ich in der Sonne joggen ging, sprach ich Mobbl noch darauf an, daß ich sie im Geiste mitnähme, und sie solle schnell träumen sie wäre mit mir im Wald.

Oben am Hauerweg an dem prunkvollen Gebäude, wo sich sogar Lanzen im Zaun befinden, stand ein

Auto mit zwei Männern, die wie listige Franzosen ausschauten, und von denen ich in einer Nacht mal geträumt hab – ohne sie je zuvor gesehen zu haben!

Neben dem Wirtshaus traf ich die kleine Johanna. Die Johanna meinte, ich könne ruhig statt ihrer in die Schule gehen. In der ersten Stunde würde Englisch gelehrt.

Spaßig parodierte ich mit jaulig-grantigem Akzent, wie der niederösterreichische Lehrer auf englisch parliert, und die kleine Johanna lachte so süß, weil es in der Tat genau so klingt.

Dann erfuhr ich noch, daß die Johanna bei meinem ehemaligen Klassprofessor Radax in die Ziehharmonikastunde geht.

„Und wie ist er?" frug ich, weil's mich ja wirklich ein wenig spannt, was aus dem Radax in all den Jahren geworden ist.

„Deppert!" sagte die Johanna und lachte so süß, daß ich mich an ihre Tante, die junge Nanni zurückerinnert fühlte, die auch immer so eine frohe Miene trug.

Daheim hat Rehlein ein paar alte Socken zerschnitten, um daraus Puls- und Fußwärmer für Mobbl zusammenzubasteln. Doch mit den Fußwärmern an den Füßen schaute Mobbl noch fünflingshafter aus.

Mobbl sagte mit ihrem kaum noch hörbaren erlöschenden Stimmchen: „Ein Glück, daß ich nicht so dick bin wie die Venus von Milo!"

Ich bildete mir ein, das Seniorensitten fordere den ganzen Menschen, doch in Wirklichkeit war´s nur der Kaffee, der mich als ganzen Menschen forderte.

Heute schmökerte ich in dem frommen Buch von PASTOR Wilhelm Busch, der so wild die Werbetrommel für JESUS rührt, daß man toll davon werden könnte. Eine fromme Hilfsschwester hatte dem Opa dies Büchlein mitgebracht.

Mit Opa und Rehlein sprach ich über die Hilfsschwestern, die man nun nicht mehr rückbekehren könne. Ihre Reli-Docs im Gehirn sind abgeschlossen, und werden sorgsam in einem Schatzkästlein mitten im Gehirn verwahrt, von dem der Schlüssel in hohem Bogen und Auf-Nimmer-Wiedersehen in dumpfen Nebelsumpf geworfen worden ist.

„Ha, die müssen wir mal fragen ob sie an die Auferstehung glauben!" schlug der Opa vor, doch Rehlein hatte keine Lust, sich mit den Schwestern auf religiöse Diskussionen einzulassen, und erzählte uns das Gleichnis von Jemandem, der im Schein der Laterne etwas sucht. Da kommt ein anderer um beim Suchen behilflich zu sein und frägt: „Haben Sie es denn HIER verloren?" „Nein, da drüben, aber hier ist Licht!"

Heute kam jene Schwester mit der blondierten Pilzfrisur die eigentlich aus Hamburg kommt, und somit ein Pseudoösterreichisch spricht - so wie die Frau Vitzthum, die wiederum aus Rostock stammt.

Nur aus purer Freundlichkeit brachte die seelengute Schwester Mobbln einen riesigen wunderschönen Blumenstrauß mit.

Beim Joggen:
Einmal sah ich dort, wo´s in den Rübezahlwald hineingeht einen riesigen Hirschkäfer auf den Mond zufliegen.

Samstag, 26. Juni

Wunderschön. Ganz heiß

Am Morgen plagte mich Lebensangst, weil ich so lahm bin. Manchmal sah ich mich im Geiste schon als verrunzelte Oma, aber wahrscheinlich ging´s mir nur wie Rehlein, die auch, wann immer sie die Augen schließt, ein verrunzeltes, fast 90-jähriges Gesicht vor sich sieht, weil sie sich so oft am Tage über Mobbln beugt.

Heute kam die dicke Christine in Begleitung der 17-jährigen Michaela, einem Altenpflegelehrling mit leicht bräunlich verfärbtem Zahnbild.

Immer wenn die Christine auftaucht, liegen bald kleine Kaffeepralinées herum – kleinen Käfern, die sich einnisten gleich, und heute lüftete sich das Geheimnis. Sie bekommt die Pralinen vom vorhergehenden Moribunden, der die leider nicht mehr essen darf, als kleines Dankeschön zugesteckt, und darf sie leider auch nicht essen, dieweil sie Diabetikerin ist, die Arme!

Und so steckt sie die uns als kleines Bitteschön zu.

Unsere Putzhilfe Maria ließ den Staubsauger aufheulen, und Rehlein - rührend besorgt wie immer - offerierte ihr in einer Saugpause Schokolade und Kaffee, und erzählte so plastisch von der türkischen Putzfrau, die wir mal hatten, und die so streng darauf bedacht war, daß ihr Söhnchen niemals mit Knarren spielt... „Mit was spielt er denn dann?" hatte Rehlein verwundert gefragt.

„Mit Puppen!"

Etwas war eingetreten, was Rehlein natürlich auch nicht gewollt hat: Dadurch, daß sie Mobbl so toll gepflegt hatte, erholte sich Mobbl zusehends, und konnte bereits wieder Bemerkungen machen:

Als nämlich die Rede draufkam, daß wir heut′ nach Rust fahren, konnte Mobbl mit ihren Überlegungen nicht mehr hinter′m Berge halten:

„Kommt die Gerswin? Die hat so gerne Rotwein getrunken!"

Rehlein wurde ganz anders zumute von diesen Worten, und plötzlich benötigte sie dringend Erholung vom Moribundentum.

Wir fuhren in prallem Sonnenschein zum Neusiedlersee:

Wir hielten uns zirka zwei Stunden lang in einem gemütlichen Boot mit schwachem Motor auf dem Gewässer auf: Ein See voll mit Neureichen, ausschauend, als tänzelten lauter ausgerupfte Libellenflügel auf der Wasseroberfläche.
Braungebrannte Beaus auf Surfbrettern mit buntem Flügel – so weit das Auge reichte.

Sonntag, 27. Juni

Stickig. Schwül. Weißwölkig

Unsere Tränen für Mobbl sind ein wenig versiegt, und so mehr oder minder hat sich alles darauf eingependelt, daß wir jetzt eine fast schon bettlägerige Omi im Hause haben. Nur mit Mühe und Hilfe schafft es Mobbl noch zum Häusl und wieder zurück.

Ich regte an, daß man jetzt einen Früchtebrot-E-Mail an die Verwandtschaft schicken könne, wo überraschend zu lesen stünde:

„Dank meiner liebevollen Fürsorge haben sich bei der Oma schon wieder Specktriebe gebildet."

Heut ist wieder die Christine, die Möbelpackerliche zum Helfen dagewesen, und ich half sogar ein wenig mit, Mobblns Füße in Watte zu hüllen, und in einen bleichen Strumpf zu verstauen. Mit den Strümpfen am Ende wirkten Mobbls Beine direkt sportlich, und als wir wenig später Mobblns weißgewordenes Haar durchbürsteten, bildete ich mir aufgrund der sportlich aussehenden schlanken Beine einen kurzen Moment lang ein, Mobbl habe 1927 in Wimbledon teilgenommen.

Leider verpassten wir am Vormittag einen Film über Jewgenij Kissin, den ich so gerne gesehen hätte. Der Filmtitel lautete „Die Gabe der Musik" und erinnerte mich in der Titelgebung an den Kurs von Valeri Gradow, einem sowjetisch stämmigen Violinpädagogen: „Die Kunst der Geige".

Nur noch das Ende bekamen wir mit:

Der leicht autistisch wirkende junge Mann mit seiner Löwenmähne drosch den letzten Satz von Chopins h-moll Sonate. Buchstabiert und akkurat.

Rehlein erinnerte das angestrengte „auf und ab" in der Körpersprache so an Lisa Leonskaja.

Dann sah man ihn noch bei einer steifen Verbeugung mit einem leicht irren Ausdruck im Gesicht, und es schaute aus, als habe man den Verbeugungswinkel vorher eingestellt.

Ming war ein wenig schweigsam, weil es ihn wie ein in einem Becken gefangenes, strampelndes kleines Fröschlein von der Familie wegzieht.

„Wie hälst Du das bloß aus?" frug mich Ming in stirnrunzlerischem Ernste, weil Rehlein jeden Handgriff von mir kommentiert. Doch gerade diese Eigenschaft Rehleins gefällt mir.

Mir aber ging der Opa auf den Wecker:

Ständig macht man´s ihm so schön, und nach zwei Stunden ist der Tisch wieder so eingesaut wie eh und je. Wenn man ihm sein Essen hinstellt, schlurft er herum, rotzt und lässt alles kalt werden.

Als wir nach dem Essen einen Spaziergang unternahmen, war Ming zunächst immer noch ein wenig einsilbig, weil er im Geiste schon ganz bei der Linda und seinem neuen Leben in Amerika war, und sich auf die Entfernung einbildet, dort wäre alles ganz anders als bei uns.
Rehlein freute sich so an Opas Spazierstock, weil´s damit viel schneller ging.
„Seit gestern bin ich alt!" scherzte Rehlein – denn gestern lief sie noch ohne Stock.

Immer wenn man das Wort an den Opa richtet und etwas sagt, antwortet der taube Opa bestenfalls mit „hha??". Selbst wenn man ihm mitten ins Ohr hinposaunen würde: „Opa, ich werde jetzt das Wort an Dich richten und bitte Dich <u>inbrünstig</u>, gut zuzuhören, weil ich sonst nämlich ausraste, wenn du schon wieder „hha??" sagst!" dann liegt´s bereits in der Luft, daß er auch dazu „hha???" sagen tät.

Montag, 28. Juni

Am Morgen wunderschön.
Dann grau und Regen – abends aufgelockert

Rehlein erzählte uns, wie der süße Ming mit sieben Jahren an der Cholera erkrankte, und doch hat er trotz der schweren Erkrankung in der Nacht sein verschhwitztes Bett abgezogen und eingeweicht. Das fand ich so rührend vom süüßesten Schatz!

Wir besuchten die Breitschings im Kuhstall, wo es so schön warm und behaglich war, daß man seine Sorgen um Mobbln direkt eine Weile beiseite stellen konnte. Die Breitschings haben ein neues Kalb (acht Tage alt), das zur Stund noch keinen Namen trägt, da sich noch kein passender gefunden hat.
Ich schlug einen vor: „Herwig".

Einmal hat man eine ganze Reihe Kühe beim Synchronscheißen „bewundern" können.

Leider ist unser schöner Garten über und über mit riesengroßen unappetitlich ausschauenden Nacktschnecken beklebt.
Ich erfand ein Paradoxon: „Ich mach Wasser heiß um die Schnecken kalt zu machen!"

Dienstag, 29. Juni

Wunderschön

Ming war etwas ärgerlich darüber, daß er das Abitur nicht früher gemacht hat, wie ein ganz normaler Mensch, weil die Bea geemailt hatte, daß es für die Ausländer doch ein wenig saftig teuer würde: 2000 $ pro Quartal!

Ming wollte etwas Spannendes erzählen, doch Rehlein verbiss sich dermaßen aufdringlich in einen kleinen Quarkfleck an meinem Mundwinkel, den ich jetzt in die Hand hineingerieben habe, daß uns Kindern ganz blümerant zumute wurde…

Dann wurde es aber doch sehr nett. Ich regte an, daß Ming sich mit der Begründung, er wolle noch mal ganz von Vorn anfangen, im Kindergarten anmelden könne. Ferner könne Ming von der ersten Klasse an, alle Abschlußprüfungen machen, um zu schauen, in welcher Klasse er wohl stecken bliebe?

Rehlein hat für die Schwester Susanne Dissauer, jene aus Hamburg stammende mit der Pilzfrisur, einen köstlichen Kaffee mit Sahnehaube und Schokospänen zubereitet, und legte einen großformatigen amerikanischen Keks dazu.

Zu diesem kleinen zwischen all die Arbeit geschobenen Zeremoniell der Gemütlichkeiten unterhielten Rehlein und ich uns noch eine Weile lang mit der weißgekachelten ← hätte ich beinah geschrieben, haha – Schwester.

Die Schwester hatte gemeint, der Opa *wäre* schon 92!

„Das wäre schön!" sagte ich, denn wenn der Opa schon so alt wäre, dann müßte man ihn nicht mehr soo betrauern, wenn er denn mal verstorben ist.

Einmal hat man die tiefe Frömmigkeit der Schwester fühlen können: Sie berichtete von einem Herrn, der mit 41 Jahren schon im Sterben lag, und Frieden mit dem HERRN geschlossen habe. Im Eifer des Erzählens, streifte die Schwester die etwas lachhaft klingende österreichische Öl- oder Schutzschicht auf ihrem Hamburgerisch ab, die sie vor dem drohenden Hohngelächter der Mitbürger schützen sollte...

Obwohl Rehlein noch da war, schrieb ich nach dem Essen ganz spontan, und ohne es geplant zu haben ein Vermissungsbrieflein, damit Rehlein in Aurich gleich Post vorfindet, und außerdem vermisste ich Rehlein schon jetzt.

Über die ganzen Nachmittagsstunden hinweg hat Rehlein Ribiselgelee eingekocht, und ihr süßer Po, der in einer weichen Tuchhose stak, vibrierte leicht und fein zu der im doppelten Sinne rührenden Arbeit.

Rehlein und ich sprachen davon, daß Mobbln nun wohl über´m Berg sei? Wenn sie bloß wieder anfängt zu laufen, denn ewig möchte Rehlein diese Bettlägrigkeit nun auch nicht mehr mitmachen.

Mittwoch, 30. Juni

Sonnig und leis bewölkt.
D.h. die Wölkchen wirkten so verhuscht,
als würden sie sich auf Zehenspitzen dahinbewegen

In meinen Morgenschlummer verwob sich, daß Rehlein schon zu ganz früher Morgenstund' von Ming zum Bahnhof nach Klein Wolkersdorf gebracht wurde. Durmelig versunken wartete ich auf einen Abschiedskuß Rehleins, den ich gottlob auch bekam, weil's sonst einen schalen Nachgeschmack hinterlassen hätt', wenn der ausgeblieben wäre.

Bald erhob ich mich und hob augenblicklich mit der Altenpflegerei an, wo doch heut der erste Tag ohne Rehleins Hilfe und Erfahrung anhub.
Ich merkte bald, daß diese ehrenvolle Arbeit den ganzen Menschen fordert, doch die Aufgabe machte mich ruhig und geduldig.
Mobbl blies, als ich ihr Rehleins Vollkornplätzchenbrei fütterte, auf lustige Weise symbolisierend die Backen auf. Wie Onkel Dölein wohl spitzen wird, wenn wir sie weiterhin so gut füttern? lachte Mobbl.
Täglich muß man Mobbl mit einer Anzahl von Tagen trösten, nach welcher endlich der Onkel käme, und auch wenn's tatsächlich täglich eine Zahl weniger ist, kommt's mir dennoch so vor, als sei die Anzahl mit der ich Mobbl Tag für Tag vertröste, doch immer so ungefähr gleich, und wir machten

Mobbl nur irgendwas vor, um sie bei Laune zu halten.

Ming war am Morgen so bezaubernd zu mir:
Er bedeckte mein Gesicht mit innigen Küssen und sagte erfreut, daß er mich grad hat wecken wollen, um gemütlich mit mir zu frühstücken.

Beim Frühstück sprachen wir über Dölein und Debbie, deren Anmarsch nun schon förmlich in der Luft flimmert, und fragten uns, was die zwei wohl bewöge, alle zwei bis drei Jahre gemeinsam nach Europa zu reisen, und dies, wo das eheliche Miteinander doch eigentlich fast immer unerfreulich ist?

Für den 17-jährigen David muß es ja auch langweilig sein, wochenlang mit seinen ewig zankenden Eltern durch ein Land zu reisen, in welchem er die Sprache nicht versteht?

Wir sprachen über Davids Schwester Julie, die, so Ming, einen Atombusen habe, und daheim in Amerika geblieben ist, da sie nämlich bereits einen Lover hat, der ihr die Sinne für die Schönheiten Europas wohl mehr oder minder vernebelt?

Onkel Dölein wird ja geschäumt haben, dachte ich mir aus, *daß die Julie nichts Besseres zu tun gehabt hat, als sich mit dem Geld, das er ihr doch für's Studium überwiesen hat, Silikon in die Brüste spritzen zu lassen.*

Später entpuppte sich dies aber doch noch als gute Investition, da es öfters vorkommt, daß ihr jemand 50 $ zwischen die prallen Brüste schiebt – wenn sie beispielsweise als

Kellnerin aushilft - und vielleicht sagt: „*Kauf dir was Schönes, Süße!*"

Dann ist eine gänzlich neue Schwester, zusammen mit der Michaela erschienen, um sich für die abendliche Altenpflege zu empfehlen.
Die Schwester Karin (sehr nett).

Ming ist ein durch und durch wohlorganisierter Mann, der gern jede Minute mit sinnvollem Tun speist, aber in der Sparkasse in Erlach sind wir über Gebühr aufgehalten worden, weil dort der Computer bockte. Die beiden Bediensteten, ein ausgesucht höflicher Herr und eine Dame, wirkten ganz hilflos.
An der Wand hinter den beiden Ratlosen hatte man ein silbernes Kruzifix angebracht, das aus künstlerischen Gründen wie geschmolzen und gedörrt ausschaute.
Ming und ich, denen man die Großeltern anvertraut hat, fühlten uns wie junge Eltern mit einem Dreijährigen und einer Frühgeburt.

Später kauften wir uns an einem Wägelchen ein Backhenderl bei einem jungen Mann mit äußerst schadhaften Zähnen: Sogar in der Lächelzone fehlten ein paar.
Der Herr hat mich leicht an den Herwig erinnert, und drum hab ich ihn auch Hendl-Herwig genannt.

Daheim kümmerte ich mich rührend um den Opa.
Sogar vier Karteikärtchen, die sich – goldenen Eiern

einer Gans im Märchen gleich – immer dort bilden, wo der Opa längere Zeit gesessen ist, und die er schon vollkommen vergessen hatte, räumte ich ihm ordnungsgemäß in seine Karteikästen, so wie's wohl auch der weitvorausschauende Diener Wang aus der Geschichte von Kurt Kusenberg an meiner Statt getan hätte.

Ming hat einen ganz speziellen, äußerst verfeinerten Kochstil. Meist, so auch heut, gibt's Basmatireis und zarte Zucchini. Aber auch das Henderl vom Henderl-Herwig mundete.

Manchmal beugt sich der Opa rührend besorgt über die Omi Mobbl in ihrem Gitterbett.

Am Nachmittag saß der Opa bei Ming auf der Terrasse und war so lustig!
Seit einiger Zeit macht der Opa nur noch Moribundengedichte, weil er's von früh bis spät nicht fassen kann, daß er schon so alt ist – doch alle Gedichte sind lustig und genial.

Ich stell mir vor, ich hätt Gefühle.
Heiße, warme und auch kühle.
Die kühlen, das weiß ich genau,
die heb ich auf für meine Frau.
Jedoch sind sie leicht angewärmt,
damit sie sich nicht gar so härmt.

Am Abend ist die so freundliche, bezwickerte Schwester Karin gekommen, doch ich fand, daß sich der Opa der lieben Schwester gegenüber peinlich benahm: Zunächst sagte er barsch: „Wo ist der Ausweis?" und man hat nicht so recht erkennen können, ob´s wohl ernst oder eher spaßhaft gemeint war?

Dann hörte man, wie der Opa ein Gespräch über das Römisch-Katholische anfing, und als die Schwester, müde nach getaner Arbeit, endlich nach Hause gehen wollte, hat der Opa sie nach Art des alten Mannes mit den Tränensäcken und dem Hündchen in Trossingen, noch soo lange aufgehalten.

Als sie dann weg war, setzte sich der Opa zu mir an den Tisch und philosophierte über den Verfall der Sprache durch die ganzen Pollacken. Da war ich froh und dankbar, daß die Schwester wenigstens diesen Wortschwall nicht mehr abbekommen hat.

Am Abend schien´s mir wieder so, als wolle Mobblns Lebensuhr abrieseln.

Ming schrieb einen Brief an Johannes Neckermann, in welchem er, einem gestrauchelten Sohne gleich, um ein Darlehen bat.

Ming gibt alles drum, endlich die Schule zu beenden, um mit einem hervorragenden Abitur in die weite Welt zu entschwirren.

Personenverzeichnis:

Alfred, Onkel, zweiter Mann von Buzens Tante Marie in Hofgeismar (Geburtsjahr unbekannt)
Althapp, Herr, Klavierlehrer in Frankfurt
Andi, Onkel mütterlicherseits in Blankenfelde (*1949)
Armand, (*1933) Lebensgefährte von unserer Freundin Franziska in Baden-Baden
Artus, Spitzohrhund in Ofenbach (*1997)
Babette, Omis Helferin in Grebenstein (*um 1965)
Barcaba, Peter, (*1947) Spezi Buzens, Komponist & Pianist
Bea (Beätchen), (*1943) Tante mütterlicherseits in Kalifornien
Birgit P., (*1965) Sekretärin von unserem Freund Heiko in Aurich
Birken, Veronika, ehem. Schülerin Buzens in Australien (*um 1945)
Bloser, Herr, (*1947) mein Klavierlehrer in Trossingen
Bogad, Dr., Hausarzt in Ofenbach (*um 1958)
Breitsching, Bauersleute in Ofenbach (*1940/ 1947)
Bruno, (*1974) junger Herr in Bad Schwartau
Buz, (*1938) unser Vater
Christiane, Hausfrau und Mutti in Aurich (*1966)
David, (*1981) Sohn von Onkel Dölein
Debbie, (*1953) Ehefrau von Onkel Dölein in Amerika
Dölein, (*1936) Lieblingsonkel in Amerika
Eberhard, (*1947) Onkel väterlicherseits in Berlin
Ella, (*1913) Omi väterlicherseits
Esslinger-Oma, (1882-1960) Opas Mutti in Esslingen (wie ja der Name schon sagt)
Friedel, (*1962) unser Lieblingsvetter
Gerhard, (*1978) Sohn von unserem Onkel Hartmut
Gerswind, (*1964) uneheliche Exe Mings
Girardot, Eheleute, Freunde aus Frankreich
Groll, Herr, Kantor auf Langeoog (Geburtsjahr unbekannt)
Hartmut, Onkel väterlicherseits (*1945)

Heike, Herr, (*1933) Professor und Komponist in der Eifel
Heiko, (*1961) liebster Freund in Aurich
Herwig, (*1963) Meistercellist in Wien
Hubert, (*1961) Mann von meiner Freundin Ute
Husenbeth, Frau, (*um 1944) Blockflötenprofessorin in Trossingen
Ilslein, (1913 – 1996) Opas Kusine in Ofenbach
Ina, (*1982) hübsches junges Fräulein in Aurich
Ingo, (*1956) Geiger im Streichquartett von Rehlein und Buz
Irene, (*1944) Rehleins Kusine dritten Grades in Ofenbach. (Die Großmütter waren Schwestern)
Irma, (*1937) Witwe von Opas Bruder Otto in Kiel
Jeitler, Hans, (1932 – 1992) Ehemann von Rehleins Kusine Irene in Ofenbach
Jenny, (*1975) zweite Tochter von der Tante Bea in Amerika
Jesse, (*1946) zweiter Mann von der Tante Bea in Amerika
Johann, (*um 1965) Familienoberhaupt einer kleinen Familie in Aurich
Johanna, (*1986) Töchterlein von Rehleins Kusine Irene in Ofenbach
Julie, (*1980) Tochter von Onkel Dölein und Tante Debbie in Amerika
Kebap, Prof., (Spitzname) Professor in Trossingen (*um 1953)
Kettler, Frau, (*1947) Telefonfreundin aus Basel
Krüger, Familie, Familie in Rottweil
Lipi, (*1953) taiwanesische Pianistin in New York
Linda(lein), (*1973) älteste Tochter von unserer Tante Bea in Kalifornien
Maika, (*1995) älteste Tochter von unserem Vetter Friedel
Marcel, (um 1970) Cellist aus dem erweiterten Bekanntenkreis
Margarethe, (*1970) Freundin in Karlsruhe
Marie, Tante, (*1908) Buzens Tante

Max, (*1999) Enkel von Onkel Dölein
Ming, (*1964) mein Bruder
Mireille, (*1966) liebe Freundin aus Kindertagen in Frankfurt
Mobbl, Omi, (1910 - 1999) Omi mütterlicherseits
Neckermann, Johannes, (*1942) liebster Freund
Nowak, Omi, (1936-1997) verstorbene Schwiemu von meiner Freundin Ute B. in Rottweil
Ottloffs, ehemalige uneheliche Schwiegereltern Mings (*1940/1942)
Pascal, Klavierschüler in Ostfriesland (*um 1989)
Poppi, (*1943) wohltätiger Nachbar in Ofenbach
Priwitz, Frau, (*1911) Nachbarin in Aurich
Privath, Frau, historische Nachbarin aus den 60er Jahren von Opa und Mobbl in Bad Godesberg
Radax, (*um 1936) mein ehemaliger Dorfschullehrer in Ofenbach
Rainer, (*1934) Rehleins Bruder in Toronto
Rasinger, Frau, (1936 – 1996) früh verstorbene Bauersfrau in Ofenbach
Rehlein, (*1939) unsere Mutter
Reimers, Rektoreneheleute in Trossingen (*1941/1942)
Reimich, Frau, (*1958) Reinmachefee in Grebenstein
Rifflein, (*1978) einziger leiblicher Sohn von unserer Tante Bea in Amerika
Rosalie, (*1999) Töchterlein von meiner Freundin Ute B. in Rottweil
Rüdiger, (*um 1941) Herr in Bad Schwartau
Ruth L., (*um 1960) Verehrerin Buzens
Sharyn, (*1945) Frau von unserem Onkel Rainer in Kanada
Schipflinger, Christa, (*1948) Bibliotheksdame in Ofenbach
Schulze, Frau, (*1938) Dame in Rehleins Teezirkel in Aurich
Sieben, Herr, (*1949) unser ehemaliger Hauslehrer in Aurich
Siebert, Herr, (*1943) Rehleins ehem. Chef in der Musikschule Aurich

Thomas, (*1968) Manager des „Musikalischen Sommers in Ostfriesland"
Tone, (*1962) lieber Freund in Leer/Ostfriesland
Uli Th., (*?) Bekannte(r) in Aurich
Uschilein, (*1946) Exe von unserem Onkel Eberhard
Ute B., (*1966) liebe Freundin in Rottweil. Ehem. Studentin Buzens
Ute M., (*1963) liebe Freundin in Herrenberg, Baden Würtemberg
Waders, Eheleute in Aurich (*1934/1947)
Walter, Helmut, mein Vermieter in Trossingen. Geburtsjahr unbekannt
Wrochem, Ulrich von, Bratschenspieler und Wandermusikant
Valerie, (*1964) ehem. Studentin Buzens
Veronika, (*1945) unsere beste Freundin in Nürnberg
Vitzthums, Eheleute in Ofenbach (*1936/1957)
Xie, (*1957) ehem. Kommilitone aus China. Sänger

Und weiter geht´s im nächsten Band:
Erscheint am 25. Oktober 2021….